La baita nella neve

CUORI D'ALASKA

LIBRO UNO

MELISSA STORM

Traduttrice: Annalisa Guerrini-Körner
Revisori: Barbara Parutto
Copertina: Kristina Hack, The Book Brander

PO Box 873543
Wasilla, AK 99687

Trama

Il mondo di Lauren Dalton va in frantumi il giorno della morte di suo padre, e crolla una seconda volta quando la ragazza scopre, in una scatola, vecchi ricordi risalenti a un periodo della vita del genitore di cui lei non aveva mai saputo nulla.

Affranta, ma molto determinata, Lauren accetta un lavoro stagionale nell'Alaska rurale: dovrà prendersi cura dei cani di un *musher* rimasto ferito in un incidente qualche tempo prima. Nel frattempo, cercherà di fare luce sul passato oscuro del padre, ma scoprirà presto che anche il suo nuovo, irascibile datore di lavoro nasconde dei segreti.

Quando un incendio distrugge parte della proprietà, il puzzle comincia a comporsi. A migliaia di chilometri dall'unico posto che abbia mai considerato casa sua, Lauren scopre quanto rapidamente tutto possa cambiare...

Uno

La telefonata arrivò mentre Lauren era in ufficio. Le si incrociavano gli occhi, ormai, nel tentativo di dare un senso allo sconfinato foglio di Excel che le scorreva davanti. Non glien'era mai importato niente dei numeri, ma se, nel ventunesimo secolo, ci si ritrova con una laurea in inglese, ci si adatta un po' a qualsiasi lavoro si riesca a trovare. Nel suo caso, si trattava di un posto in una grande azienda di New York che si occupava di elaborazione dei dati personali, che poi rivendeva ad altre società di elaborazione dati, così che riuscivano, tutte insieme, a invaderti la vita con quelle pubblicità che ti perseguitano in Internet e non si capisce come diavolo facciano a sapere sempre dove sei stato e cosa vorresti comprare.

Lei, personalmente, detestava quel lavoro. Ragion

per cui fu grata di questa distrazione, anche se non aveva idea di cosa volesse colui o colei che stava all'altro capo del telefono.

Si tolse le cuffie e rispose al cellulare: «Pronto...»

Dall'altra parte, un uomo dalla voce profonda e sconosciuta: «Lauren Dalton?»

«Sì» confermò lei, facendo del suo meglio per apparire gentile ma, al contempo, anche molto occupata, nel caso in cui quel tizio volesse venderle qualche diavoleria. Anche perché, in ogni modo, non avrebbe avuto i soldi per comprare niente. Peraltro, era esattamente quello il motivo per cui si trovava lì, a svolgere quel lavoro noioso e alienante: cercare di guadagnare abbastanza così da potersi dedicare, un giorno, forse, a quello che veramente le piaceva fare.

Ovviamente, quando avesse capito cosa le piacesse fare.

L'uomo dall'altra parte della linea trasse un profondo respiro: «Sono l'agente Reed... Lei è... Lauren Dalton...? La figlia... di Edward Dalton?»

Il panico si impadronì di Lauren. Era evidente che, qualunque cosa quell'uomo avesse da dirle, sarebbe stata spiacevole, quindi perché la stava facendo tanto lunga? Perché non si sbrigava? Che parlasse, dunque!

«Cos'è successo a mio padre?» mormorò, a malapena in grado di tirar fuori le parole.

«Mi dispiace doverle comunicare che suo padre è rimasto coinvolto in un incidente stradale ed è deceduto.»

Lauren non riuscì a trattenere un gemito acuto, attirandosi gli sguardi irritati dei colleghi nei cubicoli vicini.

«C'era un cervo. Noi crediamo che suo padre sia deceduto sul colpo. Capisco che è un momento difficile per lei. Però, quando può, dovrebbe venire a prendere i suoi effetti personali in commissariato.»

Morto?... Come poteva suo padre essere morto? Era tornata a casa poco tempo prima, per Natale, e lui le aveva regalato uno di quei kit da bricolage per confezionare album di ricordi personalizzati, nonché un intero scaffale carico di romanzi. E lei gli aveva regalato una sofisticatissima macchinetta per il caffè con cui avrebbe potuto prepararsi il cappuccino ogni mattina. Come avrebbe fatto a bere il cappuccino, se era morto? Come avrebbero fatto, loro due, a fare il giro del mondo, se lui da quel mondo se n'era andato? E chi l'avrebbe accompagnata all'altare il giorno del suo matrimonio?

Doveva esserne sicura. «Posso vederlo?» chiese, questa volta soffocando un singhiozzo.

Per Lauren il padre era stato tutto: sua madre era morta quando lei era ancora troppo piccola per averne dei veri e propri ricordi, ed entrambi i genitori erano figli unici, come lei.

Erano sempre stati solo loro due, Lauren e il suo papà, uniti. Contro il resto del mondo. Ma adesso Lauren sarebbe stata da sola, e il mondo può fare paura quando non si ha nessuno vicino con cui affrontarlo.

«Se vuole.» Il poliziotto dettò velocemente l'indirizzo dell'obitorio e aspettò che Lauren se lo appuntasse su un post-it.

«Arrivo subito.» Riagganciò rapidamente e tornò a guardare la muraglia di numeri sullo schermo del computer: è questo che diventiamo, una volta che non ci siamo più? Solo una serie di numeri e dati? Di *like* e *dislike*? Di click, di profili d'acquisto e di comportamento?

Quel pensiero le diede la nausea. Decise che sarebbe stato compito suo fare sì che Edward Dalton venisse ricordato per l'uomo incredibile che era stato, e non solo come un numero nella quota di mercato di questa o quell'altra azienda.

Spense il computer, raccolse le sue cose e andò a cercare la titolare, Joanna Brocklehurst. Non trovandola nel suo ufficio, sapeva che l'avrebbe scovata in sala conferenze, dove, di sicuro, stava facendo la corte a qualche cliente dall'aspetto perfettamente curato, al quale si poteva leggere la noia in viso.

«Lauren!» Joanna Brocklehurst ebbe un sussulto quando la sua impiegata entrò senza bussare, esigendo udienza. «Scusatemi» sussurrò la manager ai clienti, alzandosi e andando incontro alla ragazza.

«Vado a casa prima, oggi.» La porta non le si era ancora chiusa alle spalle che Lauren aveva già girato sui tacchi per uscire di nuovo.

La titolare la spinse fuori in corridoio: «Non puoi entrare come una furia durante un meeting. E poi, scusa, ma non puoi andartene così presto il giorno in cui ci sono da fare i report. Hai delle *responsabilità*.» Enfatizzò l'ultima parola con deferenza, come se, per Lauren, non potesse esistere niente di più importante di quel lavoro in quell'azienda macina-dati.

«Sì, ho delle responsabilità. E me le devo assumere. Tornerò lunedì, probabilmente.»

«Lunedì? Ma oggi è solo mercoledì! No, mi dispiace, ma non posso accordarti un permesso così lungo con così poco preavviso.»

«Bene, allora vuol dire che non tornerò affatto. Mi licenzio. E tanti auguri per i report.»

Senza dubbio sarebbe stato semplice spiegare cos'era successo e perché aveva bisogno di andarsene. Ma Lauren, per qualche ragione, non poté costringersi a dare spiegazioni, a parlare della morte del padre. A parlare di lui al passato. Ancor meno, a parlarne con quella sua capa antipatica, che pagava stipendi da fame ai dipendenti mentre lei se ne andava in vacanza ai tropici.

Aveva già dato anche troppo a quell'azienda. Era ora di voltare pagina e rendere grande il nome dei Dalton. Adesso era sua responsabilità mantenere viva quell'eredità.

Nonostante guidasse almeno dieci chilometri oltre il limite di velocità, Lauren raggiunse l'obitorio solo dopo un paio d'ore. Forse, pensava, se avesse corso abbastanza veloce, sarebbe riuscita a tornare indietro nel tempo, come in quel film degli anni Ottanta con Michael J. Fox.

E tuttavia, invece di ritrovarsi in un passato felice, arrivò rapidamente faccia a faccia con quello che sarebbe stato il suo futuro—un futuro del quale lei avrebbe preferito non sapere niente.

Quelli delle pompe funebri avevano fatto un buon lavoro. Edward era pulito e ordinato, però lividi scuri gli chiazzavano ancora la pelle, e tagli e graffi ne punteggiavano le braccia, anche se non c'era più traccia di sangue. A dirla tutta, non c'era proprio alcuna traccia di vita.

Quand'è che era diventato così vecchio?

Lauren se lo ricordava come un uomo giovane, con i capelli castani, la barba di alcuni giorni a sottolineare i limpidi occhi verdi. Occhi che lei avrebbe tanto voluto ereditare, invece di quegli insignificanti occhi castani che le erano toccati. Pensò a lui come all'uomo che, ogni anno, partecipava pazientemente alla festa della mamma organizzata dalla scuola. Perché lui, di fatto, le aveva fatto da madre tanto quanto da padre. Era la persona che le aveva cambiato i pannolini, che le aveva insegnato a camminare, che l'aveva aiutata a capire cosa stesse accadendo la prima volta che aveva avuto le mestruazioni, che l'aveva confortata quando aveva sofferto per la prima delusione d'amore.

Era stato il suo mondo e adesso, all'improvviso, quel mondo aveva smesso di girare.

Con un cenno del capo, la donna delle onoranze funebri la invitò silenziosamente a farsi avanti.

«Ciao, papà» riuscì a dire Lauren avvicinandosi al lettino.

«Mi dispiace» disse la donna. Ma in realtà, no, non aveva idea non poteva avere la più pallida idea di cosa Lauren avesse perso quel giorno.

Che cosa aveva in serbo per lei il domani? Di quanto coraggio avrebbe avuto bisogno d'ora in poi per andare avanti in un mondo che l'era diventato estraneo?

«Ti voglio bene, papà» sussurrò posando un bacio con la punta delle dita sulla guancia ormai fredda. Chinò il capo per recitare una rapida preghiera. Un giorno si sarebbero ritrovati. Ma per ora Lauren avrebbe avuto davanti a sé tanti giorni in cui avrebbe dovuto cavarsela da sola.

E ce l'avrebbe fatta, perché era così che suo padre l'aveva cresciuta. Lei non lo avrebbe deluso.

Due

Lauren guidò fino alla casa di suo padre e aprì l'uscio con la chiave che Edward Dalton aveva l'abitudine di nascondere sotto una rana colorata, una di quelle decorazioni da giardino che aveva dipinto per lui in terza elementare. Sembrava che anche la casa sentisse la mancanza del padrone, nonostante fossero passate solo poche ore da quando lui era uscito per non farvi più ritorno.

La casa in cui era cresciuta era sempre stata, per Lauren, il rifugio a cui tornare dopo una settimana stressante al lavoro o dopo aver rotto con il fidanzato di turno. Quella casa, un tempo teatro dei suoi ricordi più preziosi, adesso faticava a riconoscerla.

Una cosa, in particolare, la disturbava: perché suo padre era uscito in macchina quella mattina? Perché aveva guidato in modo tanto sconsiderato da non riuscire a scansare in tempo il cervo che attraversava la strada?

Edward Dalton era un insegnante ormai in pensione. Non c'era nessun posto in cui avesse premura di recarsi. In ogni caso, aveva sempre preferito spostarsi a piedi, in quella piccola città di provincia dove, a ogni passo, c'era un ex studente da salutare o un vicino di casa che conosceva da anni. Quindi cos'era successo di diverso, quel giorno?

Lauren avrebbe dovuto organizzare il funerale: senza ombra di dubbio, vi avrebbe preso parte mezzo paese, se non tutto. Poi avrebbe dovuto preoccuparsi di sistemare gli affari del padre, e la casa, per essere certa che tutto fosse a posto e in ordine.

E dopo? Cosa sarebbe successo *dopo*?

Non aveva più un lavoro e sapeva che non sarebbe riuscita a sopportare la vita da sola in quel luogo. Certo, i vicini le erano simpatici, ma ora lei sarebbe diventata la povera ragazza per cui provare compassione. Avrebbero sussurrato alle sue spalle. Lauren non intendeva vivere a quel modo. Voleva una vita ricca, che rendesse onore alla memoria del padre, e non aveva in animo di rimanere nascosta nella sua ombra.

Trovò la macchinetta del caffè che gli aveva regalato appena un paio di settimane prima, per Natale, e fu contenta di vedere che l'aveva già usata. Si fece un caffè e andò in camera da letto, alla ricerca di qualsiasi cosa che potesse spiegarle la ragione di quell'uscita mattutina.

Le fece una strana impressione rovistare tra le sue cose. Lui le aveva usate di recente e le sembrava di invadere uno spazio intimo. Ma che sciocchezza... In tutti quegli anni, Lauren e suo padre non avevano mai avuto segreti l'uno per l'altra. Era la ragione per cui il loro rapporto era così solido. Lui le parlava con candore della morte di sua madre, esattamente come le diceva se c'erano abbastanza soldi per pagare le bollette. Avevano sempre parlato di tutto.

Edward Dalton aveva preparato la figlia ad affrontare la vita meglio che aveva potuto (e Lauren sapeva che era già più di quanto molte donne della sua età potessero vantare), ma non l'aveva preparata ad andare avanti senza di lui. Entrambi avevano dato per scontato che quel giorno sarebbe stato lontanissimo; che quel giorno Lauren sarebbe stata sposata, avrebbe avuto dei bambini e avrebbe ormai avuto tutto quello che si può desiderare dalla propria vita. Nessuno dei due immaginava che *quel giorno* lei sarebbe stata fresca di disoccupazione e completamente disorientata.

Lauren tornò in cucina e si versò una tazza di caffè. Di solito aveva l'abitudine di ammorbidirne l'aroma intenso con una generosa dose di latte e zucchero. Quel giorno, invece, volle assaporare interamente il gusto amaro e acidulo che le colpì le papille.

Con la tazza in mano, si diresse di nuovo in camera e aprì l'armadio.

Le camicie pendevano accuratamente disposte in una bella fila dritta, stirate e pronte per essere indossate in occasioni che, ormai, non sarebbero più giunte. In un angolo della cabina erano impilate quattro scatole da scarpe, addossate alla parete del mobile. Erano quelle in cui Edward Dalton conservava i propri ricordi. Spesso le aprivano e ne esaminavano insieme il contenuto, e lui le raccontava di sua madre, di quanto le somigliasse e di quanto sarebbe stata orgogliosa di lei.

Ma orgogliosa di cosa? si chiese adesso Lauren con tristezza, sospirando per la nostalgia.

Tirò fuori tutte le scatole dall'armadio e le sistemò, ordinate, sul letto. Sapeva che quella con il coperchio turchese conteneva le fotografie di sua madre. Quella viola conteneva i ricordi di scuola e dell'infanzia di Lauren. In quella arancione erano raccolti gli anni delle scuole superiori. Non ricordava, però, l'esistenza della quarta scatola, e guardava con sospetto quel contenitore di cartone marrone.

Ovviamente fu il primo che aprì.

Vide immediatamente un pacco di vecchie foto e di ritagli di giornale diligentemente impilati: provenivano dall'*Ancorage Daily News*, o almeno così le sembrò a prima vista. Ma loro non avevano sempre vissuto a New York?

Cominciò a leggere:

Edward Dalton diventa il *musher*[1] più giovane della regione e si piazza tra i venti migliori dell'Iditarod. Astro nascente, vince contro diversi concorrenti più esperti, profilandosi come un avversario impegnativo per l'anno prossimo.

Corse con cani da slitta? In Alaska? No, non poteva essere vero. Perché suo padre avrebbe dovuto nasconderle una cosa così innocente per tutto quel tempo? Perché aveva smesso di gareggiare, se era uno dei migliori?

Continuò a sfogliare il contenuto della scatola, scoprendo fotografie di cani, di uomini infagottati e persino un vecchio collare. Evidentemente, si trattava di qualcosa di molto importante per lui ma, di nuovo, Lauren non capiva perché avesse tenuto nascoste tutte quelle cose, per tutto quel tempo e perché proprio a lei.

Tiro fuori il telefono e cercò in Internet 'cani da slitta'. Forse c'era qualche lato oscuro di suo padre di cui non era a conoscenza? L'idea era ridicola, soprattutto ripensando a quanto fosse moralista quell'uomo —per quel che poteva ricordare lei.

Uno dei primi risultati su Google fu una certa Lolly Winston, una stella della musica country. Lauren la conosceva, aveva acquistato entrambi i suoi cd e le piaceva ascoltarla durante i lunghi viaggi in auto a cui la costringeva il lavoro. Incuriosita, cliccò sul titolo di un articolo che riguardava una certa SDRO, ovvero l'"Organizzazione per il salvataggio dei cani da slitta', un'associazione di volontariato fondata da Lolly e suo marito Oscar Rockwell circa un paio d'anni prima.

Dobbiamo tutelare l'ultima, grande corsa e accertarci che i cani che smettono di correre trovino una casa che gli accolga con affetto. È bellissimo vederli nel loro elemento naturale, sia che corrano su un pendio, o che si riposino tra le mura di casa.

. . .

Queste erano le parole di Lolly.

Lauren si ritrovò ad annuire mentre leggeva e, prima di rendersene conto, aveva cliccato sul sito web della SDRO, dove trovò un elenco di cani pronti per l'adozione, oltre a diversi altri modi per aiutare l'associazione.

Voi avete cuore, loro cercano casa.

A Lauren piacque quell'idea, anche perché le sembrava che il cuore fosse l'unica cosa che le fosse rimasta in quei giorni; un cuore a pezzi, per giunta.

Più navigava su quel sito, più esso sembrava chiamarla a sé.

Questi cani vi ameranno con tutti sé stessi, grati di essere stati salvati e di avere avuto una seconda possibilità.

. . .

«Una seconda possibilità» pensò Lauren. «Quanto mi piacerebbe che qualcuno ne desse una a me.»

Infine trovò il loro blog. In cima al feed c'era la foto di un bell'uomo, dall'aspetto vigoroso, in piedi davanti a un team di una trentina di cani.

Shane Ramsey recitava il post è considerato da tempo uno dei migliori conducenti odierni. Purtroppo, durante un tragico allenamento, la motoslitta l'ha investito colpendolo alle ginocchia. Ammesso che guarisca, le lesioni imporranno un lungo e difficile periodo di recupero. Nonostante le condizioni siano stabili, non si sa ancora se il musher sarà in grado di continuare a correre. In questo momento, Ramsey è alla ricerca di un addestratore che lo aiuti a prendersi cura dei cani durante la convalescenza. Tutte le altre squadre sono già nel pieno della stagione di allenamento e questo lascia Shane e la sua muta al palo, motivo per cui si è rivolto a noi. E noi ci rivolgiamo a voi: se pensate di poter dare una mano, abbiamo un lavoro e una casa da offrirvi, almeno per i prossimi tre mesi. Forse anche per un anno. Volete aiutare ad accudire questo fantastico team?

Per informazioni...

. . .

Non appena vide il numero di telefono, Lauren premette il pulsante di chiamata. Il ritaglio di giornale nella scatola marrone aveva definito suo padre come uno dei migliori *musher* di tanti anni prima e ora il blog diceva la stessa cosa di quel tale, Shane. Lei non aveva più un lavoro, non aveva più un posto che potesse chiamare casa. Niente. Sembrava che tutto la spingesse in direzione di quel luogo. Così inspirò profondamente, si fece coraggio e chiamò.

Circa una settimana più tardi, Lauren si trovò a guidare un'automobile noleggiata, lungo una strada solitaria che sembrava non avere fine; ai lati la neve si accumulava a formare due muri bianchi e, sopra di lei, un cielo candido si fondeva perfettamente con lo spesso mantello farinoso che ricopriva il suolo.

Aveva trascorso gli ultimi otto giorni a chiudere tutti gli impegni rimasti in sospeso a New York. Non si era fermata un attimo. Tra le altre cose, Lauren aveva organizzato diligentemente il funerale del padre al quale, come previsto, si era presentata un sacco di gente.

D'altra parte, Edward Dalton aveva sempre tenuto tutti i propri affari in ordine. La casa era impeccabile, così preparare l'immobile per la vendita non era stato difficile. Inoltre, le aveva lasciato un bel gruzzoletto col quale sarebbe potuta ripartire. Adesso era pronta per dare un taglio netto alla propria vita. Sarebbe andato tutto bene, certo. Solo non era ancora sicura dei dettagli.

Un'aquila apparve alla vista, altissima, e Lauren si chiese se fosse un buon presagio. Libertà. Fino a quel momento, non aveva capito quanto bisogno avesse di liberarsi della propria esistenza precedente, ma ora era davvero libera. Tanto valeva approfittarne il più possibile.

Mentre continuava a guidare, procedendo oltre Anchorage, cominciò a chiedersi se non si fosse persa una qualche svolta lungo il percorso. Il fatto era che non aveva incontrato praticamente nessun incrocio, nient'altro che una strada dritta e pianeggiante. Perciò non capiva dove avrebbe potuto sbagliare.

Finalmente, quando era sicura di essere sul punto di addormentarsi al volante, tanto il paesaggio era noioso e monotono bianco, bianco e ancora bianco... e poi dritto... sempre dritto... vide un vecchio segnale malconcio che indicava la direzione per Puffin Ridge, che avrebbe dovuto trovarsi poco lontano.

Già, ma 'poco lontano' si rivelò un concetto molto relativo: infatti, dopo aver svoltato come indicato, dovette procedere un'altra mezz'ora prima di trovare l'indirizzo che aveva scarabocchiato su di un post-it e appiccicato al cruscotto. Il 1847 di Thornfield Way si profilò alla vista, e Lauren percorse lentamente il pendio ghiacciato che digradava verso una baita dall'aspetto accogliente, in legno di cedro rosso, situata in una radura ai bordi di una foresta di grandi abeti.

I freni si bloccarono nel tentativo di rallentare, ma c'era, per fortuna, abbastanza neve da attutire l'arresto del veicolo. E così era arrivata. Quella sarebbe stata la sua nuova casa per i prossimi tre, forse anche dodici mesi.

Si diede una passata di lucidalabbra e fece scorrere le mani tra i capelli castani, gettando un'occhiata nello specchietto retrovisore per controllare il proprio aspetto. Decretò che fosse accettabile, afferrò lo zainetto e si diresse verso la baita.

Una donna di mezza età, dai capelli biondi abbondantemente striati di grigio, la salutò dalla porta d'ingresso. Oh, no! Sta a vedere che si era veramente persa una svolta ed era finita nel posto sbagliato.

«Tu devi essere Lauren. Vieni dentro prima di morire di freddo» la invitò la donna con ampi gesti.

«Salve, lei è la moglie di Shane?» La donna sembrava più avere l'età per esserne la madre, ma Lauren non volle rischiare di offenderla, dal momento che poteva benissimo essere l'unica persona presente nel raggio di chilometri.

La donna rise di cuore e a Lauren piacque all'istante. «Oh, mio Dio, no! Sono Mary Fairbanks. Sono quello che si può definire la vicina di casa del signor Ramsey. Da buona vicina, me ne sono presa cura, intanto che lui cercava un aiutante. A proposito, adesso che sei qui è meglio che me ne vada, perché ho su la pentola sul fornello.»

Lauren trovò strano che la donna, che doveva avere almeno dieci anni più di Shane, lo chiamasse signore, ma la cosa che la preoccupava di più, in quel momento, era essere lasciata da sola senza la minima idea di quali sarebbero stati i suoi compiti.

«Aspetti un momento» supplicò. «Shane è qui? Mi può accompagnare da lui prima di andarsene?»

«Il signor Ramsey» precisò Mary mentre cercava di sovrastare il trambusto proveniente dall'esterno, causato dai cani che abbaiavano. «Non c'è, è andato in paese. Aveva un appuntamento dal medico. Sei da sola con i cani, oggi pomeriggio. Puoi andare a vederli; sono fuori nelle loro cucce, come avrai immaginato.» Si avvolse attorno al collo una spessa sciarpa fatta ai ferri e si infilò il giaccone: «Ora devo proprio andare, ma ci rivedremo presto. Piacere di averti conosciuta, cara» disse la donna mentre afferrava la maniglia della porta.

Si arrestò brevemente e gettò un'occhiata alle proprie spalle, come se avesse dimenticato qualcosa. «Ah, buona fortuna.»

A Lauren era parso che Mary, mentre che si incamminava e scompariva dalla vista, avesse sussurrato anche *«ne avrai bisogno»*.

Quattro

Lauren rimase a guardare Mary Fairbanks finché questa scomparve all'orizzonte, lasciandola da sola in quel posto nuovo e strano che ora sarebbe stato casa sua. C'era parecchio disordine, mucchi di carte sparpagliati su ogni superficie libera e un cesto della biancheria che ingombrava lo stretto corridoio.

Avrebbe dovuto occuparsi anche di quello?

Lei era lì per i cani, certo. Ma le venne da chiedersi se non si fosse fatta carico di più di quanto potesse effettivamente gestire, nel caso in cui l'uomo avesse avuto bisogno anche di altro.

No, la vita con Shane Ramsey e la sua allegra muta di husky sarebbe stata senz'altro una bella sfida, ma sarebbe stata, come minimo, interessante. Nel migliore dei casi, le avrebbe permesso di scoprire i segreti che si nascondevano nel passato di suo padre.

Avrebbe cominciato con l'andare a salutare i cani che le erano stati affidati.

Tirò fuori il berretto di lana dalla borsa e uscì, dirigendosi verso il cortile, dove una lunga fila di cucce dai tetti piatti e colorati creava un forte contrasto con i mucchi di neve immacolata tutt'intorno. Non appena la videro, i cani cominciarono a tirare le catene che li tenevano legati; alcuni saltarono perfino sul tetto della cuccia per vedere meglio.

Abbai eccitati, latrati e guaiti si riverberavano nella valle e Lauren capì di aver fatto la scelta giusta.

Con cautela, si avvicinò al gruppo di cucce e salutò il primo cane, che saltò entusiasta a leccarle la guancia.

Lauren passò in rassegna tutte le cucce a una a una, presentandosi a ciascun occupante.

La sua attenzione fu attratta da un cane in particolare: un husky rosso che se ne stava tranquillo al margine del gruppo e osservava Lauren con sguardo attento.

«Sei proprio bello» disse Lauren, mentre si dirigeva verso l'animale e gli si inginocchiava accanto per permettergli di annusarla.

Una medaglietta di rame luccicava appesa al collare.

«Briar Rose» lesse Lauren ad alta voce, dando una grattata tra le orecchie al suo nuovo amico. «È un bel nome. E voi altri, invece?»

Si girò ed ebbe un sussulto nel vedere che non era sola nel cortile.

«Pensavo che avrebbero mandato un professionista, qualcuno con esperienza» disse l'uomo che Lauren riconobbe dalla fotografia. Era il suo nuovo titolare, Shane Ramsey, e aveva un'aria di rimprovero nello sguardo, evidentemente insoddisfatto di quello che gli si parava davanti.

«E tu cosa ne sai? Come fai a dire che non ho esperienza?» volle sapere la ragazza drizzandosi in piedi. Anche così, rimaneva decisamente più bassa dello sconosciuto che se ne stava appoggiato a due robuste stampelle di legno arrivandogli praticamente sotto al mento.

«Tutto mi dice che non sei adatta a questo lavoro» ringhiò lui.

«Va bene. Possiamo ricominciare da capo, per favore?» Lauren si diresse verso il cancello del recinto in cui stavano i cani, uscì e si ritrovò insieme all'uomo sul tratto di sentiero che era stato ripulito dalla neve.

Sporse la mano guantata e gli sorrise, aspettando che lui gliela stringesse.

«Direi di no» rispose lui, girando sulle stampelle e dirigendosi verso la casa.

«Aspetta un attimo!» urlò Lauren. Il suono della sua voce tagliò l'aria rarefatta, facendo trasalire Shane ed eccitando i cani.

Lauren lo vide irrigidirsi per poi girarsi di nuovo, lentamente, verso di lei.

Nel farlo però, la stampella sinistra scivolò su una lastra di ghiaccio e Shane si accasciò sulla neve, imprecando per il dolore.

«Lascia che ti aiuti!»

«No, hai già fatto abbastanza. Dammi la mia stampella e lasciami in pace» fu la risposta.

Lauren raccolse la stampella e gliela porse. Quando lui fece per afferrarla, lei l'allontanò. «No, finché non mi dici perché sei così sgarbato.»

L'uomo emise una specie di ruggito, un suono che non aveva molto di umano. Un fatto che, insieme alla ricrescita della barba, gli conferiva un aspetto selvatico. «Perché non sei il tipo di persona che cercavo. Però, dato che non mi pare ci siano altri candidati, mi tocca tenerti.»

«Allora dovresti essere grato che sia qui. Non mi sembra che tu ce la faccia da solo.»

«Non credo che una ragazzina senza alcuna esperienza sarà d'aiuto.»

«Non rivolgerti a me con questo tono!»

Shane fece una smorfia e distolse lo sguardo.

«Dico sul serio. Ho lasciato il mio lavoro. Ho guidato per migliaia di chilometri per arrivare fin qui. Magari non ho molta esperienza, ma sono pronta a imparare e bisogna che cominci a trattarmi con più rispetto.»

«E se non lo faccio?»

«Allora sappi che non ho nessun problema a tenerti testa, considerato che sono l'unica, in questo posto, ad avere un paio di gambe buone.» Lauren si erse in tutta la propria statura e osservò come la postura rigida dell'uomo, ancora in ginocchio nella neve, si rilassava.

Con sua sorpresa, sul viso fino a quel momento scontento di Shane comparve un breve sorriso divertito. «Va bene. Adesso posso riavere la mia stampella, per favore?»

Lauren gliela porse e lo aiutò a rimettersi in piedi. «Ecco, vedi? Non era difficile, no?»

L'uomo si allontanò borbottando tra i denti una sequela di impropri. Lauren e i cani rimasero a osservare in silenzio finché Shane Ramsey entrò in casa, sbattendo la porta dietro di sé.

«Ma è sempre così?» chiese Lauren a Briar Rose, facendo scorrere le dita attraverso le maglie della rete per accarezzarne il pelo morbido.

Il cane non rispose alla domanda, ma Lauren era sicura che avrebbe trovato la risposta anche da sola.

Cinque

Lauren trascorse l'ora successiva in compagnia dei suoi pupilli a quattro zampe: lesse i nomi su ciascun collare, cercando di associarlo a una caratteristica unica e alla personalità del cane che lo indossava. Briar Rose non ci mise molto a diventare la sua preferita, anche se non sembrava fare veramente parte del gruppo: non solo era più calma ed era di costituzione più leggera, ma anche il suo nome stonava rispetto ai nomi di tutti gli altri cani.

Questi erano husky e malamute, e avevano nomi prevedibili, normali, come Alice, Bob, Carol, Denis, etc. C'era un nome per ogni lettera dell'alfabeto. Ed erano ventisei, ma con Bryan Rose diventavano ventisette.

Inoltre, tutti i cani erano contenti della presenza di

Lauren, ma Brian Rose non si mosse dal suo fianco per tutta l'ora dell'allenamento. Lauren fu tentata di portarla in casa, così da avere almeno un amico, ma preferì evitare di creare un ulteriore motivo di scontro con Shane. Molto probabilmente, il musher avrebbe considerato poco professionale trattare un cane da slitta come animale da compagnia, per cui si limitò a un rapido saluto e le promise che si sarebbero riviste il mattino successivo. Quindi si incamminò verso la baita per preparare la cena.

Tuttavia, Shane l'aveva battuta sul tempo e se ne stava curvo su una pentola di acqua bollente, messo in evidente difficoltà da una scatola di spaghetti, nel tentativo di rimanere in equilibrio sulle stampelle ed evitare gli schizzi. Indossava dei pantaloni del pigiama con un motivo a plaid, una camicia tradizionale ed era scalzo, cosa non molto saggia con quel clima, anche per stare in casa.

«Lascia che ti aiuti» si offrì Lauren, affrettandosi attraverso il piccolo tinello prima ancora di togliersi cappotto e stivali.

Shane allontanò gli spaghetti dalla sua presa, rovesciandone accidentalmente metà per terra: «Guarda cos'hai combinato!»

«Io non ho fatto proprio niente. È tutta colpa della tua testardaggine!» La ragazza si inginocchiò per recuperare la pasta sparsa sul pavimento, ma Shane la interruppe di nuovo: «Io ho fatto il casino, io pulisco.» Lei lo guardò mentre si abbassava. Ogni centimetro di quel movimento gli provocava un dolore che trapariva dai lineamenti. Lasciò che se la sbrigasse da solo, e intanto si tolse la pesante tenuta invernale e raccolse i capelli in una coda di cavallo. Nel frattempo, Shane non aveva fatto grandi progressi nel raccogliere gli spaghetti.

«Perché sono qui?» gli chiese abbassandosi a sua volta e costringendolo a guardarla negli occhi. «Se insisti a fare tutto da solo, perché mi hai assunta?»

«Non ti ho assunta io. La SDRO ti ha assunta a nome mio» le ricordò lui con un brontolio pacato.

«Va bene, d'accordo, ma in ogni caso sono qui per aiutarti. Me lo lasci fare?» Lo fissò di nuovo, con calma, ma quell'uomo grosso e muscoloso rifiutò ostinatamente di incontrare il suo sguardo.

«Fa' quello che ti pare, se proprio insisti» disse lui, accennando a quanto rimaneva da pulire e perdendo quasi l'equilibrio nel gesticolare.

«Prima lascia che ti aiuti ad alzarti» replicò lei.

Quando Lauren gli fece passare il braccio sulle proprie spalle e lo aiutò a rimettersi in piedi, Shane emise un lamento, ma la lasciò fare. A dispetto dell'infortunio, era un uomo forte e fu in grado di sostenersi, una volta che Lauren lo ebbe aiutato a ritrovare l'equilibrio. Il che era una bene, considerato che pesava quasi quaranta chili più di lei. A guardarli, creavano un contrasto interessante: lui grande, incombente, dall'aspetto selvaggio; lei piccola, snella, dall'aspetto curato e i movimenti aggraziati.

Shane si irrigidì, costringendo anche Lauren ad arrestarsi: «No, non voglio sedermi. Prima voglio finire di preparare la cena.»

«Cosa c'è per cena? Spaghetti? Penso di sapermela cavare.» La ragazza lo accompagnò al piccolo tavolo della cucina e lo fece sedere davanti alla pila disordinata di fogli.

Lui non fece commenti mentre Lauren finiva di raccogliere il resto della pasta dal pavimento a scacchi e preparava la cena con quella che non erano finita nella pattumiera. Dopo avergli messo davanti un piatto di spaghetti alla marinara, Lauren fece per uscire e andare a cercare un po' di tranquillità nella propria stanza.

«Aspetta» disse Shane senza guardarla.

«Sì?»

«Almeno ceniamo insieme.»

«Quindi adesso hai voglia di fare conversazione?»

Lui scrollò le spalle e la guardò per un breve istante, gli occhi blu come l'oceano che, senza dubbio, nascondevano segreti nelle loro profondità. «Sì. Voglio saperne di più su questa estranea che vivrà in casa mia.»

«Va bene.» Lauren riempì un piatto anche per sé e si sedette di fronte all'uomo, spingendo di lato alcuni fogli per evitare di farne delle tovagliette. «Quindi cosa vuoi sapere?»

Shane posò la forchetta e la fissò con aria decisa. I suoi occhi non si sforzavano di nascondere il suo giudizio, quanto poco si fidasse di lei. «Voglio sapere perché sei venuta qui.»

«Per aiutarti, l'abbiamo già chiarito.»

«Sì, ma per quale motivo? L'organizzazione ha detto che sei di New York, e abbiamo già appurato che non hai esperienza. Quindi te lo chiedo di nuovo: *perché* sei qui?»

Beh, se lui non si fidava di lei, allora lei non si sarebbe fidata di lui. Per quale motivo, altrimenti, avrebbe dovuto essere così sospettoso, se non avesse avuto a sua volta qualcosa da nascondere? Con un po' di fortuna, Lauren sarebbe rimasta abbastanza a lungo da tenere allenati i cani, scoprire i misteri nel passato di suo padre e capire cosa volesse fare in futuro. A quel punto, avrebbe potuto chiudere con quel musone del signor Ramsey e lasciarselo alle spalle. Decisamente alle spalle.

Lo fissò negli occhi, rifiutandosi di sbattere le

palpebre o di guardare da un'altra parte. «Sono qui per lavorare, è tutto quello che c'è da sapere.»

«Capisco. Se è così che la vedi...» Sorrise tra sé e sé, riprese la forchetta in mano e rivolse la propria attenzione agli spaghetti.

«Sembra più come la vedi *tu*. E a me sta bene così.» Lauren alzò la propria forchetta con aria di sfida. Avrebbe accettato tutto quello che lui le avesse detto, ma non se ne sarebbe stata zitta.

«Molto bene» disse lui.

«Molto bene.» Finirono la cena in silenzio, dopodiché ciascuno trascorse il resto della serata per conto proprio.

Sei

Quando scese la notte, Lauren era esausta per la lunga giornata di viaggio, l'incontro con i cani e lo scontro con Shane Ramsey. Trovò facilmente la propria stanza: c'era il suo nome affisso sulla porta, proprio come i nomi dei cani, scritti su delle placche appese sopra ognuna delle casette colorate.

All'interno trovò un letto a due piazze, con lenzuola di flanella che si abbinavano quasi perfettamente con il pigiama di Shane, e un'ordinata pila di coperte ai piedi del letto. Per la verità, tutto in quella cameretta era ordinato, preciso—quasi sterile. Non si accordava per niente con il resto della casa: i muri erano bianchi e il legno del letto e della specchiera erano di pino chiaro. Anche il tappeto era di un morbido beige, ed era riuscito, a dispetto di quel colore chiaro, a rimanere pulito.

Lauren recuperò il proprio bagaglio e si diede da fare per rendere la stanza un po' più accogliente: cominciò spacchettando una foto incorniciata che la ritraeva insieme al padre durante il Natale appena trascorso e la appoggiò ordinatamente sul comò. Lì, trovò un mucchio di carte tenute insieme da una graffetta rossa.

In cima c'era scritto *Regolamento*, in caratteri grandi e in grassetto.

Lauren alzò gli occhi al cielo e cominciò a sfogliare le pagine, dove un lunghissimo elenco puntato faceva seguito a un breve paragrafo introduttivo:

> Lauren Dalton, da qui in avanti denominata 'Addestratore', si atterrà alle seguenti regole per tutto il tempo durante il quale risiederà nei locali che identificano l'abitazione e il luogo di lavoro di Shane Ramsey, da qui in avanti denominato 'Datore di lavoro'.

Lauren roteò di nuovo gli occhi e sospirò: se fosse andata avanti così, quell'esperienza assolutamente ridicola avrebbe finito col lasciarle danni permanenti.

Ritornò con gli occhi al foglio e riprese a leggere da dove aveva interrotto:

PARTE I.

Sezione 1. L'Addestratore dormirà e trascorrerà il proprio tempo libero nella stanza bianca. Avrà libero accesso a tutta la casa, a eccezione delle aree evidenziate nella Sezione 2, e a patto di non intrudere nella privacy o nel comfort del Datore di lavoro.

Sezione 2. L'Addestratore non è autorizzato a entrare né nella camera da letto padronale, né nel capanno da giardino all'esterno, per nessuna ragione. Queste aree costituiscono utilizzo esclusivo del Datore di lavoro.

PARTE II.

Sezione 1. L'Addestratore preparerà ogni giorno due pasti nutrizionalmente bilanciati per sé, per il titolare e per i cani.

Sezione 2. L'Addestratore farà correre i cani ogni giorno, portandoli fuori uno alla volta e restando sul percorso segnato lungo la proprietà, a meno di non essere istruito diversamente dal Datore di lavoro.

Sezione 3. L'Addestratore deve mantenere tutte le proprietà e i beni in accordo con...

E andava avanti così per altre tre noiosissime pagine o, almeno, Lauren suppose che sarebbero state noiose e non ebbe quindi la pazienza di leggere tutte quelle regole ridicole. Anche se fosse riuscita ad andarsene prima della fine dei tre mesi, sarebbe stato un lungo soggiorno. Sfogliò rapidamente le scartoffie, trovò il punto in cui doveva apporre la propria firma e la data e riportò il plico in cucina secondo le istruzioni ricevute.

Dopodiché indossò il pigiama che, per fortuna, non era di flanella come il resto delle lenzuola, e si infilò sotto le coperte con il suo lettore ebook. In aereo aveva cominciato un nuovo libro e le mancavano pochi capitoli alla fine.

La lettura le avrebbe tenuto compagnia, anche nel caso in cui il nuovo titolare non avesse avuto intenzione di farlo, e lei, in un modo o nell'altro, se la sarebbe cavata.

Ma perché non riusciva a smettere di pensare a Shane Ramsey? Perché non riusciva a toglierselo dalla testa e continuava a ripensare a quel suo strano comportamento? Quel pensiero avrebbe continuato a infastidirla finché non fosse riuscita a scoprire perché era così scontroso e perché, dal primo momento, non aveva fatto mistero di quanto poco lei gli andasse a genio. Se proprio non fosse riuscita a fargli cambiare idea su di lei, forse avrebbe potuto *lei* cambiare idea su di *lui*, scoprendo le ragioni del suo comportamento bizzarro.

Sì, sarebbe stata una lunga permanenza. Però, chissà, forse Lauren sarebbe riuscita a farla trascorrere un po' più rapidamente. Risoluta a sbrogliare i segreti della propria famiglia e quelli del suo nuovo datore di lavoro si addormentò dopo poco, senza la minima possibilità di scoprire la fine del racconto.

Sette

Il mattino successivo Lauren si svegliò all'alba per il frastuono di ventisette cani che abbaiavano. Strizzò gli occhi, sotto le palpebre ancora impastate, e le ci volle un po' a capire dove si trovava e perché.

Sentì un rumore martellante contro il muro, seguito dal mugugno soffocato di Shane: «Vai a dar da mangiare ai cani!»

«Vai a dar da mangiare ai cani» lo scimmiottò lei mentre si vestiva per uscire, in parte sperando che il musone l'avesse sentita.

Quella mattina gli animali si mostrarono contenti di vederla tanto quanto il giorno precedente: tiravano le catene, saltavano in cima ai tetti delle cucce e correvano descrivendo cerchi intorno ad esse.

«Buongiorno, angioletti» canticchiò Lauren attraversando il recinto e accarezzando ciascun cane sulla testa mentre cercava di ricordarne i nomi.

Briar Rose fu quella che la salutò più calorosamente di tutti, lasciandosi sfuggire un patetico lamento quando Lauren passò a coccolare il cane successivo.

«Briar, buona. Ti porterò fuori per prima, promesso, ma adesso facciamo colazione: cosa ne dite?»

A quanto pareva, era la domanda giusta perché l'eccitazione della muta raggiunse un apice febbrile intanto che Lauren andava in cerca del loro cibo. Notando il vecchio capanno di legno sul lato della casa, si diresse innanzi tutto lì. La porta era chiusa col catenaccio e le finestre erano oscurate con del cartone. Così quello doveva essere il capanno menzionato nell'assurdo regolamento di Shane, uno dei due posti nei quali Lauren non era autorizzata a entrare.

Quando lo capì, la ragazza non poté fare a meno di provare a girare con forza la maniglia della porta, ma quella non cedette. Cosa c'era lì dentro di così segreto? Avrebbe voluto avere più tempo per cercare di capirlo, ma i cani sembravano impazziti per l'eccitazione: se non avesse dato loro da mangiare subito, Shane sarebbe sicuramente uscito a vedere cosa avesse causato il trambusto, e sarebbe stato un incontro spiacevole, soprattutto di primo mattino.

Infine trovò i croccantini per i cani nel garage, insieme a un tubo per l'acqua che avrebbe potuto usare per abbeverare i suoi beniamini. Quando tornò indietro notò, però, che ogni cane aveva una sola scodella, invece delle due che sarebbero state necessarie, per cui lasciò per terra i croccantini e riempì le ciotole fino all'orlo. L'acqua congelò quasi istantaneamente nel freddo gelido.

«Cos'è che sto sbagliando?» chiese Lauren a Briar Rose, la quale, purtroppo, non aveva una risposta da darle.

Quando l'husky rosso ebbe finito di mangiare, Lauren la slegò dalla catena e la portò a fare il giro della proprietà. Briar le rimase incollata mentre si facevano largo nella neve. Avrebbe davvero dovuto fare quel giro ventisette volte, portando fuori un cane alla volta, ogni singolo giorno che se fosse stata lì?

Lauren liberò Briar dal guinzaglio, così che potesse correre e sgranchire i muscoli delle zampe, poi tornò alle cucce per prelevare altri due cani e far fare loro esercizio.

Shane era lì che prendeva a calci una delle ciotole ghiacciate, mugugnando qualcosa tra i denti. Brian

Rose gli corse incontro e saltò su a leccargli il viso entusiasta.

«Cos'è successo, qui?» chiese Shane girando verso Lauren uno sguardo carico di rimprovero.

«Ho dato da mangiare ai cani e adesso gli faccio fare la passeggiata, a uno a uno come stabiliscono le regole.» Avrebbe voluto aggiungere *signore* ma non volle farlo arrabbiare più di quanto non fosse già, anche se sarebbe stato molto divertente...

«Perché c'è del ghiaccio nelle scodelle? Non hai seguito le mie istruzioni sul paciugo.» «Paciugo?» Lauren ridacchiò a quell'espressione divertente. «È forse una di quelle parole che usate qui per indicare la neve?»

Shane emise un profondo sospiro: «Mi creerai più problemi di quanto mi sarai d'aiuto. Lo sai, vero?»

«Forse, se mi spiegassi come vuoi che vengano fatte le cose, non saresti perennemente contrariato» osservò Lauren, ma lui ignorò il suo commento acido e, infuriato, si mise a tenerle una specie di conferenza.

«Punto numero uno: dai ai cani il paciugo. Ovvero, acqua tiepida e cibo, tutto in un'unica ciotola, di modo che non congeli.» Così dicendo, sferrò nuovamente un calcio alla scodella ghiacciata. «Punto numero due: tieni sempre i cani al guinzaglio. Non devono rimanere liberi, a meno che tu non voglia che comincino a combattere. Punto numero tre: risparmia le tue energie e fagli consumare le loro attaccandoli alla slitta. Punto numero quattro—»

«Aspetta un momento, mi sta dando un sacco di istruzioni e io non ho niente su cui scrivere.»

L'uomo sospirò di nuovo e si pizzicò il dorso del naso con le dita pesantemente inguantate. «È questa la ragione per cui le ho scritte! Non hai letto le regole prima di firmare, vero?»

Lauren esitò, fornendo a Shane la risposta alla sua domanda.

«Mi sembrava che avessi detto di aver preso questo lavoro seriamente.»

«L'ho preso seriamente. Solo, non immaginavo che non avrei ricevuto alcuna formazione sul posto di lavoro, e che tu saresti stato così pignolo su tutto quello che riguarda il suo svolgimento. Sono cani, Shane. I cani hanno bisogno di affetto più che di qualsiasi altra cosa.»

«Stai scherzando, vero? Affetto!?» Adesso le rideva in faccia. «Non sono *solo* cani. Sono il modo in cui *io* mi guadagno da vivere. Sono cani da corsa di razza, che devono mantenersi in forma. Sono nati per correre, e il fatto che io sia a malapena in grado di camminare non significa che loro debbano passare tutta la stagione legati alla catena. Quindi lascia perdere l'affetto e concentrati sui tuoi impegni. Quando ti sarai assicurata di aver eseguito correttamente tutti i tuoi compiti ogni giorno, hai il mio benestare per fare qualsiasi cosa ti vada, con le energie che ti rimangono se te ne rimangono e di sommergere i cuccioletti con tutto l'amore che vuoi.»

Lauren aggrottò le sopracciglia, ma lui sembrò non accorgersene. «Mi stai prendendo in giro?»

«Sto solamente asserendo l'ovvio: non è colpa mia se non hai idea di quello che fai e tantomeno se non hai letto le regole.» Si schiarì la gola e la squadrò per un istante prima di tornare verso casa, poi le lanciò un'occhiata da sopra la spalla e aggiunse: «Adesso rimetti il guinzaglio a quel cane e fai le cose come si deve.»

Lauren capì che non avrebbe ottenuto l'amicizia di Shane tanto facilmente: per quanto lei lo fronteggiasse, lui le avrebbe restituito la sfida. Lei sapeva quello per cui stava lottando: un nuovo inizio per il proprio futuro e fare luce sul passato del padre. Ma cosa diamine stava cercando di nascondere Shane con così tanta ostinazione?

Lauren attaccò i cani alla slitta e li fece correre uno alla volta, così come Shane le aveva spiegato; ciò nonostante, dopo alcune ore lei era esausta mentre la muta non dava segni di stanchezza.

Decisa a tornare fuori dopo una breve pausa pranzo, entrò in casa per vedere se fosse rimasto qualcosa di commestibile nella sparuta dispensa.

Shane sedeva sulla poltrona reclinabile vicino alla finestra. A quanto pareva, aveva passato tutto il tempo a osservarla. Quanto tempo, non avrebbe saputo dirlo, ma questo pensiero le dava una sensazione sgradevole.

«Mi stavi spiando?» chiese cercando di dare alle proprie parole un tono più leggero di quanto provasse in realtà.

L'uomo si fregò i palmi delle mani sui pantaloni

del pigiama e si sedette un po' più dritto sulla sedia, come se avesse avuto bisogno di intimidirla ulteriormente: «Non direi spiare. È mio compito osservarti e assicurarmi che i miei cani siano al sicuro e che tu ti prenda cura di loro in modo adeguato.»

«Sarebbe più facile se mi insegnassi cosa devo fare» osservò lei per la seconda volta.

Lui sorrise, quasi come se si stesse godendo quella continua schermaglia. «In teoria dovresti già saperlo, cosa fare.»

Erano di nuovo in un vicolo cieco. Lauren alzò gli occhi al cielo e tornò in cucina.

«Dove vai?» la richiamo lui. La poltrona scricchiolò quando Shane abbassò il poggiapiedi.

«Vado a preparare il pranzo. Hai fame?»

«Sì, ma non credo che ci sia molto in dispensa. Quand'è che vai a fare la spesa?»

«Quando avrò finito di far esercitare i cani, suppongo.» Lauren frugò in fondo alla dispensa e trovò un po' di roba in scatola che forse non era ancora scaduta, o forse sì. «Come facevi a sopravvivere prima che arrivassi io? Sembra che nessuno si sia preoccupato di niente, qui. E per parecchio tempo.»

Shane scrollò le spalle: «Non preoccuparti per me. Mangerò una mela, o qualcos'altro, dopo che avrò fatto la doccia.»

«Buona idea, perché ne hai proprio bisogno: puzzi.» In realtà, non puzzava ma Lauren volle approfittarne, fintanto che poteva, e Shane le aveva servito l'assist su un piatto d'argento. Perché si divertisse così tanto a provocarlo, non lo sapeva neanche lei. Che anche lui si divertisse a fare lo stesso?

Shane sostenne il suo sguardo per alcuni secondi, sfidandola, poi sorrise: «Vieni a dirmelo di nuovo dopo che ti sarai fatta una bella sudata con i cani. A proposito: si stancano prima se aggiungi un po' di pesi alla slitta.» La soppesò, squadrandola da capo a piedi, poi aggiunse: «Sei troppo piccola per offrire abbastanza resistenza.»

Lauren tenne per sé il fatto che questa informazione sarebbe stata più utile se le fosse stata data *prima* di trascorrere mezza giornata a far fare esercizio ai cani, e riportò l'attenzione sulla ricerca di qualcosa da mangiare—qualsiasi cosa. Pensò con rimpianto a quanto le sarebbe stato utile aver tenuto la macchina a noleggio qualche giorno in più, così da potersi recare fino in città a fare un po' di compere. Per quanto avesse fame, non se la sentiva di chiedere un favore a Shane, soprattutto un favore come prestarle la sua automobile.

«Beh?» chiese Shane, dirigendosi traballante verso la cucina dietro di lei.

«Beh, cosa?» brontolò lei. «Vai a farti la doccia, puzzone.»

«Se il tuo cuore è grande anche solo metà della tua bocca, non ci metterai molto a guadagnarti l'affetto dei cani.»

Lauren si chiese se quello fosse il suo modo per dirle che la apprezzava. E si chiese anche se a lei, in fondo, interessasse la stima di lui. «Bene, buono a sapersi» rispose con schiettezza. «Adesso vattene via di qui.»

L'uomo brontolò, ma fece come gli era stato intimato.

Lauren ripescò del burro di arachidi e dei cracker Graham dalla dispensa quasi vuota e si interrogò nuovamente sul suo strano titolare e su come fosse arrivato a diventare così acido. Shane Ramsey aveva dei momenti di vera umanità, come quando si apriva in un sorriso, o quando la prendeva in giro, o lasciava trasparire qualcosa di sé dietro l'atteggiamento burbero.

Ma per la maggior parte del tempo sembrava più un animale selvatico che un essere umano.

Per sua fortuna, Lauren non aveva paura dei mostri e prima o poi avrebbe scoperto il suo segreto. Più prima che poi. Era sempre stata molto, troppo curiosa per rinunciare a risolvere un mistero e adesso ne aveva per le mani ben due...

Innanzitutto, avrebbe scoperto perché suo padre aveva rinunciato a correre, perché gliel'aveva tenuto nascosto e cosa stava facendo il giorno dell'incidente.

Poi avrebbe scoperto quali cose orribili erano successe nella vita di Shane per renderlo una persona così burbera. Forse, ben nascosto da qualche parte, molto in profondità, esisteva un Ramsey migliore.

Lauren era in piedi, intenta a osservare la data di scadenza su un vasetto di marmellata di lamponi che aveva trovato rintanata in fondo al frigorifero, quando la porta d'ingresso della baita si aprì ed entrò una donna dai capelli rossi, tutta infagottata per difendersi dal freddo. Lauren la osservò togliersi con cura il cappotto e riporlo meticolosamente nell'armadio.

«Posso aiutarti?» le chiese, dopo aver deciso di non correre rischi con la marmellata e averla buttata nella pattumiera sotto il lavello.

La donna si voltò di soprassalto, ma un lampo attraversò rapido i suoi occhi nocciola quando intuì chi aveva davanti: «Ciao, tu devi essere la nuova addestratrice. Io sono Grace Pearson.» Si affrettò a porgerle la mano, ma Lauren era guardinga.

«Shane non mi ha parlato di nessuna Grace. Puoi dirmi esattamente perché sei qui?»

«Non l'ha fatto, eh? Non parla mai molto. A dire la verità, neanch'io so ancora il tuo nome.» Fece una pausa.

«Oh, io mi chiamo Lauren.»

«Piacere di conoscerti, Lauren. Io sono Grace, la fisioterapista del signor Ramsey. Vengo qui alcune volte alla settimana per aiutarlo a fare gli esercizi per le gambe e per rinforzare la schiena. Temo che mi vedrai spesso.»

Lauren si illuminò. Avrebbe finalmente avuto una persona amica in quel posto sperduto. «Non credo ci sia niente da temere, anzi. Sarò contenta di aver qualcuno con cui parlare che non sia il musone.»

Risero e si sedettero al piccolo tavolo della cucina, e Lauren offrì a Grace i cracker Graham con burro d'arachidi, ma questa rifiutò.

«Musone è la parola esatta, adesso. Ma Shane non è sempre stato così. Quello che gli è successo è davvero una disgrazia.»

«Ti riferisci all'incidente?» chiese Lauren, domandandosi se tutto quel mistero non avesse una soluzione molto più semplice di quanto lei avesse supposto inizialmente.

«Sì, anche quello, certo, ma...» Grace si accigliò e cambiò idea, afferrando la scatola dei cracker Graham. Ne tirò fuori uno e lo divise in quarti. «No, non sta a me raccontare i fatti suoi.» Mosse la testa avanti e indietro più a lungo di quanto non fosse necessario. «Shane ha dei buoni motivi per non parlarne e io non voglio tradire la sua fiducia andando a spifferare in giro cose che non mi riguardano.»

«Ma non ho il diritto di sapere? Voglio dire, visto che vivo qui con lui, dovrò sapere se abito con un matto. Ho bisogno di saperlo.»

«Matto?» Grace ricomincio a muovere lentamente la testa, poi abbassò la voce quasi a un sussurro: «No, niente del genere. È più... dolore, ma—»

Le due donne furono interrotte dall'arrivo del loro datore di lavoro, che aveva finito di fare la doccia; i capelli color sabbia ancora bagnati erano spazzolati ordinatamente all'indietro. Si era perfino sbarbato, rivelando una linea del mento e della mandibola forte e una pelle perfetta, entrambe celate, fino a quel momento, dalla barba incolta. Fisicamente era di bell'aspetto, ma la sua espressione era tutt'altro che piacevole: «Basta con i pettegolezzi per oggi!» tuonò.

«Mi dispiace, signor Ramsey. Non avrei detto una sola parola.» Grace chinò la testa in segno di scusa.

Shane si girò verso la fisioterapista, così da dare le spalle a Lauren, in pratica impedendole di continuare la conversazione: «Il ginocchio destro mi ha fatto veramente diventare matto questa mattina: possiamo lavorarci su un po' di più, oggi?»

«Come preferisce. Faremo in modo che questi dolori muscolari spariscano» rispose Grace, sempre con quel tono servile. Si comportava così perché Shane le piaceva o perché la intimidiva? «Forse entrambe le cose» pensò Lauren. Spalmò del burro di arachidi su un altro cracker e se lo infilò in bocca. Quando fu sazia di quel pranzo che sapeva di cartone, si alzò e si accinse ad andare dai cani.

«Dove stai andando?» la fermò Shane, come se si fosse accorto di lei solo in quel momento da quando era uscito dalla doccia.

«Torno a lavorare» rispose lei con la bocca piena. Alcune briciole le sfuggirono e finirono sulla camicia.

«No» ribatté lui, guardando le briciole che le si erano parcheggiate sul seno. «Prendi la macchina e vai in città. Trova qualcosa di decente per la cena di questa sera.»

«E i cani?»

«Faranno a meno dell'allenamento, per oggi.

Domani gli farai fare gli esercizi correttamente fin da subito. Oggi è una giornata persa in ogni caso, quindi vai e fai qualcosa di utile, finché c'è ancora luce.»

Lauren se ne andò lanciando un'occhiata a Shane e Grace seduti sul pavimento del soggiorno. Grace era una bella donna e sembrava che facesse qualsiasi cosa Shane le chiedesse. Tra poco, le sue mani si sarebbero mosse sul corpo di Shane per scioglierne i dolori muscolari e lui l'aveva spedita fuori di casa, così sarebbero stati soli...

Lauren si domandò se Grace fosse solo la fisioterapista di Shane e non qualcosa di più. Ma, più che altro, si chiese il perché di quella punta di gelosia che la prendeva allo stomaco.

Shane era orribile. Era la persona peggiore che avesse conosciuto. Quindi perché si sentiva sempre più attratta da lui?

Dieci

L'area commerciale di Puffin Ridge dava l'impressione di essere più piccola della proprietà di Shane, giù nella vallata, dove erano stati costruiti i recinti per i cani. E, probabilmente, era proprio così.

Il centro della cittadina si estendeva per alcuni isolati verso nord e verso sud, e per soli due isolati in direzione est e ovest, per cui Lauren localizzò rapidamente il supermercato, che era di gran lunga l'edificio più grande in città.

Quando parcheggiò, alcuni passanti si fermarono ad aspettarla, qualcuno a piedi, altri in auto.

«Sei la nuova addestratrice di Ramsey?» le chiese un uomo sulla cinquantina che indossava un berretto dai lunghi paraorecchie, mentre lei scendeva dall'automobile.

Lauren sfoderò un gran sorriso, contenta di scoprire che non tutti gli abitanti dell'Alaska erano freddi e scorbutici come il suo titolare: «Sì, sono Lauren.»

«Non sei di qui, vero?» Più che una domanda, era un'affermazione. Veniva dalla donna che accompagnava l'uomo dai lunghi paraorecchie. Lauren diede per scontato che si trattasse della moglie e quando, un attimo dopo, i due si presero per mano, capì di aver indovinato.

Lauren annuì: «Esatto, sono di New York.»

«Ah, ci siamo stati, tempo fa. Un posto pieno di gente» osservò l'uomo, e la sua compagna confermò quelle parole con ampi cenni del capo.

«E come sta Ramsey? Ti tratta bene?» chiese la donna; ma il brusco inarcarsi di un sopracciglio non lasciava dubbi sul suo scetticismo.

«Bene quanto ci si può aspettare da lui, direi» rispose Lauren con una risata forzata.

Anche la coppia rise, e una giovane donna che sospingeva un carrello con un bambino piccolo nel seggiolino li raggiunse e si unì alla conversazione. «È un po' una leggenda, da queste parti» sussurrò la giovane madre, come se temesse che Shane in persona potesse sentirla.

«Per il suo brutto carattere?» chiese Lauren in tono semischerzoso.

«Non è sempre stato così, sai.»

«Così mi dicono...» Forse, chiacchierando con la gente del posto, sarebbe riuscita a scoprire il segreto che Shane custodiva tanto gelosamente.

«Accidenti, se fossi in lui sarei arrabbiato anch'io con il mondo» stava dicendo l'uomo con i paraorecchie.

«Non c'è nessun motivo per essere scorbutici come Shane Ramsey» ribatté Lauren.

«Non ne sarei così sicura, tesoro. Shane era dato per vincente alla grande corsa di quest'anno, la più importante di tutte le corse: l'Iditarod. Anno dopo anno, aveva scalato le classifiche e quest'anno probabilmente avrebbe portato a casa il trofeo. Poi ha avuto quell'incidente proprio all'inizio della stagione.»

Le donne annuirono e una aggiunse: «È passato dall'essere in cima alla classifica all'essere fuori gioco. Se ho capito bene, forse non sarà più in grado di gareggiare.»

«Fino all'anno prossimo, giusto?»

«No, mai più. La ferita è molto seria. Non so di preciso tutti i dettagli, ma si dice che sia fortunato a poter camminare ancora. Sarebbe potuto rimanere in carrozzella, per come la motoslitta si è girata e gli si è rovesciata addosso, schiacciandogli le ginocchia.»

L'immagine di Shane che rischiava di morire in quell'incidente la fece trasalire, ma a Lauren era ormai chiaro che quello non era un uomo che si arrendesse facilmente.

«Sta lavorando sodo per recuperare. Sono sicura che si rimetterà rapidamente e tornerà a scaricare l'aggressività in pista.»

«Spero che tu abbia ragione» rispose la moglie dell'uomo con i paraorecchie.

«È stato un piacere conoscerti» aggiunse la donna con il bambino, sorridendo con dolcezza. «Per qualsiasi cosa tu abbia bisogno, passa in città: c'è sempre qualcuno in giro che può dare una mano.»

L'uomo fece un cenno d'assenso con capo, facendo dondolare avanti e indietro i paraorecchie. «Vedrai: qui a Puffin Ridge non siamo tanti, ma sappiamo essere buoni amici.»

«Vedo» disse Lauren. «Beh, adesso è meglio che entri prima che mi si congelino le dita dei piedi.»

I tre fissarono i suoi stivali: «Vai da Lowood, quando hai finito di fare la spesa, e comprati un po' di cose adatte all'inverno. Ne avrai bisogno» disse la donna più anziana, mentre gli altri annuivano.

«Lo farò, grazie.» Lauren strinse la mano a tutti e si diresse verso l'ingresso chiedendosi quanto tempo ci sarebbe voluto perché le estremità congelate riprendessero la sensibilità. Quando era fuori con i cani si copriva per bene, ma per un rapido giro in città non l'aveva ritenuto altrettanto necessario. Ovviamente *rapido* era un concetto relativo.

Mentre si dirigeva all'ingresso, Lauren fece conoscenza con altre due persone, e con ancora più gente durante il giro al supermercato. Tutti sembravano ansiosi di presentarsi e di commentare la disgrazia accaduta al suo titolare. Dopo un po' cominciò ad annuire a tutto quello che le veniva detto, facendo finta di sapere di cosa stessero parlando. Era più facile che non ammettere di vivere con un uomo del quale sapeva così poco.

Cosa ne avrebbe pensato suo padre se fosse stato ancora vivo? Si sarebbe arrabbiato per il fatto che sua figlia aveva messo in standby la propria vita per seguire quello che sembrava un capriccio passeggero? O sarebbe stato orgoglioso che stesse seguendo le sue orme?

Non avrebbe saputo dirlo con sicurezza così decise di dar credito alla seconda ipotesi. Ogni giorno trascorso in Alaska a lavorare con i cani la portava un po' più vicina a quella che era stata la vita segreta di suo padre quando doveva avere avuto più o meno la sua età.

Quel posto ce l'aveva nel sangue, e il suo corpo sembrava saperlo, adattandosi più rapidamente di quanto si fosse prefigurata al freddo, al lavoro e a tutto il resto. Indipendentemente dal brutto carattere di Shane e dal suo atteggiamento freddo, Lauren sapeva di aver bisogno di stare lì.

E sarebbe dipeso da lei rendere gradevoli i mesi a venire.

Prima di dirigersi verso casa con il bagagliaio pieno di vivande e con una borsa straripante di nuovi capi d'abbigliamento per l'inverno, si fermò in un piccolo negozio di fiori situato al limite estremo della città.

«Ciao, tu devi essere la nuova addestratrice di cui tutti parlano» la salutò la proprietaria da dietro al bancone. «Ti serve un po' di carne?»

«Carne? Non è un negozio di fiori, questo?»

«Ah! Sì, certo, anche i fiori. Ma sono più un hobby, per me. Le salsicce e la cacciagione sono ciò con cui pago le bollette! A ogni modo, li tengo entrambi.»

«Vorrei un bel bouquet per ravvivare un po' la casa. Voglio dire, il posto dove abito.»

La donna fece un cenno di assenso e si diresse lentamente verso il refrigeratore che conteneva sia composizioni floreali, sia carne affumicata assortita.

«Non ho molto, al momento. Appena a sufficienza per anniversari, compleanni e romanticherie varie. Avrò di più tra poche settimane. San Valentino è il momento dell'anno in cui ho più fiori che carne.»

«Ha delle rose?» chiese Lauren. Non era mai stata un tipo da fiori, e le rose erano uno dei pochi di cui conosceva il nome. Oltretutto, era più probabile che quel negozietto tenesse delle rose, oltre alla carne, che non gigli, tulipani o giunchiglie.

«Certo.» Con enfasi melodrammatica, la donna tirò fuori un mazzo di rose leggermente appassite. «Sai, le rose sono sempre state le preferite del signor Ramsey. Si fermava spesso qui a comprarne un mazzo quando veniva in città. È da parecchio che non lo vedo, però.»

«Benissimo, quanto le devo?» chiese Lauren tirando fuori il portafogli. Shane le aveva dato i soldi per fare la spesa, ma lei sapeva bene che non era il caso di usare la sua carta di credito per comprare una frivolezza come un mazzo di rose, indipendentemente da quello che la donna le aveva raccontato. Per fortuna, dall'ultimo stipendio che le aveva pagato l'azienda di gestione dei dati, le era rimasto abbastanza per provvedere da sé a quel tipo di spese.

«Guarda» le disse la donna, con un sorriso che andava da un orecchio all'altro, mentre avvolgeva il mazzo. «Se compri un po' di questo alce essiccato che piace tanto al signor Ramsey, io ti regalo i fiori. Consideralo un regalo di benvenuto a Puffin Ridge.»

«Accidenti, grazie! Affare fatto!»

Pochi minuti dopo, Lauren era di nuovo in macchina, carica di spesa, con la composizione floreale appoggiata con cura sul sedile del passeggero. Di lì a pochi minuti sarebbe arrivata alla baita a Thornfield Way, dove cominciava a sentirsi a casa.

Quando Lauren fu di ritorno alla baita, Shane era ancora in soggiorno e, con l'aiuto di Grace, stava eseguendo degli esercizi di riabilitazione. Tre volte alla settimana per oltre due ore a sessione le sembrava parecchio, ma lei non era un'esperta in materia.

Li lasciò alle loro faccende e sistemò la spesa in silenzio, soddisfatta nel vedere che la dispensa, prima vuota, ora era quasi colma. Non trovando un vero e proprio vaso, infilò le rose in una caraffa alta, che appoggiò sul tavolo, in mezzo alla gran confusione di carte e documenti. Perlomeno, il loro rosso acceso avrebbe donato un tocco di allegria a tutta quella confusione.

Le sarebbe piaciuto avere sempre un mazzo di fiori

sulla tavola, ma aveva visto i cartellini dei prezzi attaccati alle composizioni, ed era più del doppio di quello che avrebbe pagato a New York. Questo voleva dire che, probabilmente, quei fiori dovevano essere spediti da molto lontano, in particolare in quella stagione fredda, e Lauren, pur non essendo mai stata un'ambientalista fervente, capiva che quello ne avrebbe incrementato significativamente l'impronta ecologica.

Gettò un'altra rapida occhiata a Shane e a Grace e, vedendoli concentrati sulla loro occupazione, decise di tornare a sua volta alle proprie. Aveva comprato un po' di leccornie per i cani, intenzionata a farsi perdonare gli sbagli di quella mattina, e anche perché viziarli le piaceva moltissimo. Non c'era nessuna regola secondo cui i cani da lavoro non potessero anche essere amati o, perlomeno, lei non era a conoscenza dell'esistenza di una simile regola. Dopotutto, non aveva letto per intero l'assurdo regolamento del suo titolare.

Fece visita ai cani, a uno a uno, e a ciascuno diede uno dei croccantini speciali che aveva comprato per loro; poi si diresse verso il garage per cercare i pesi da slitta ai quali aveva accennato Shane. Nel passare davanti al vecchio capanno di legno, pensò che avrebbe potuto provare di nuovo ad aprirlo, ma sapeva anche quanto poco saggio sarebbe stato farlo in pieno giorno, e con Shane in casa, per giunta.

Più tardi, quella sera, avrebbe magari letto qualcosa su come scassinare una serratura e avrebbe potuto fare un tentativo quando Shane avesse lasciato di nuovo la baita perché, qualunque cosa fosse nascosta in quel vecchio capanno, avrebbe sicuramente fatto luce sul segreto di Shane. Un mistero che lei non vedeva l'ora di chiarire.

Un latrato strozzato risuonò nella vallata e Lauren tornò di corsa verso le cucce, dove due cani stavano litigando per un osso di pelle. Anche se erano tutti legati, il grosso malamute di nome Fred, tirando, era riuscito a divellere la cuccia e a trascinarsela dietro, e adesso stava contendendo a Georgina, la piccola husky, la leccornia che Lauren le aveva dato.

«Basta, basta!» gridò Lauren accelerando il passo in direzione dei cani.

Anche Grace uscì di casa di corsa: «Cos'è successo?» chiese, ma le fu sufficiente guardare gli animali per capirlo da sé.

«Volevo solo fare qualcosa di carino per loro» spiegò Lauren. «Ho pensato che, se ne avessi preso uno per ciascuno, non ci sarebbero stati problemi.»

Grace afferrò la pettorina di Fred e lo trascinò al suo posto, insieme alla cuccia. La donna era esile, ma molto più forte di quanto potesse sembrare a prima vista. Lauren la guardava mentre rimetteva a posto il cane e la sua casetta.

«Fammi un favore» disse Grace buttando gli ossi di pelle nel pattume e tornando da Lauren. «Tu non gli dici niente, e io faccio altrettanto, ok?»

«Ma cosa ho fatto di sbagliato?»

«Questi non sono cani normali. Sono selezionati per competere, è la loro ragione di vita. Se li tratti come animali da compagnia, fai loro del male, o peggio: li fai morire. Se vuoi fare qualcosa di buono per loro, falli lavorare sodo, falli correre tanto, e più forte che puoi. È la ragione per cui Ramsey ti ha assunta, e fintanto che lui ha ancora voglia di lottare per guarire, questo è tutto quello che gli devi. A lui e a questi cani. Cosa succederà dopo, non te lo so dire.»

«Non capisco» sospirò Lauren «ma farò come dici tu. L'ultima cosa che voglio è creare problemi, soprattutto a questi dolci cagnolini.»

Grace annuì. «Bene. Meglio così. Dirò a Shane che un coyote ha attraversato il cortile e i cani si sono messi ad abbaiare. Se ci sono altri di questi ossi, trovali e buttali via, in modo che non scoppino altre liti. E, per l'amor di Dio, la prossima volta assicurati che siano legati bene.»

Lauren fece un cenno di assenso e Grace tornò in

casa. Vi rimase per pochi minuti, poi uscì di nuovo con tutta l'attrezzatura per la fisioterapia sotto braccio.

Perché tutti sembravano saper fare il suo lavoro meglio di lei? Mentre lei più ci provava e più combinava disastri?

Voleva fare qualcosa cosa di cui andare fiera, un lavoro che avrebbe reso orgoglioso suo padre. Qualcosa che attenuasse anche il dolore che Shane cercava con tanta caparbietà di tenere segreto. Chissà se ci sarebbe riuscita.

Dodici

Lauren guardò Grace salire in macchina e andarsene, quindi rientrò in casa e cominciò a preparare il sostanzioso stufato di carne che aveva in programma per la cena di quella sera, sperando che Shane si fosse rilassato dopo il lungo pomeriggio di fisioterapia.

Lo trovò in piedi vicino alla finestra, intento a fissare il cortile con lo sguardo perso nel vuoto. L'uomo si girò verso di lei, poi guardò il pavimento, dove giacevano rose sparse e un mucchio di vetro rotto.

«Oddio, aspetta. Ti aiuto a pulire.» Lauren si affrettò a strappare un paio di fogli dal rotolo di carta appoggiato sul ripiano della cucina e si inginocchiò per asciugare e raccogliere i cocci della caraffa.

«No» rispose con forza Shane. Le sue mani

avevano un tremore che Lauren non gli aveva mai visto. L'uomo, però, non accennò ad allontanarsi dal suo posto accanto alla finestra per recuperare i fiori da terra.

«Non essere sciocco» rispose la ragazza. «Sono qui, posso benissimo farlo, e credo che i fiori si possano ancora salvare. La caraffa temo di no.» Le sfuggì un risolino. Gli incidenti capitano, e questo dimostrava che Shane era un essere umano come chiunque altro.

«No, fermati» ripeté lui improvvisamente arrabbiato o spaventato Lauren non avrebbe saputo dirlo con precisione. Shane sferrò un calcio ai frammenti di vetro con il piede scalzo e, ovviamente, si ferì. Un po' di sangue si mescolò all'acqua in un rivoletto, come colore che cola via da un pennello.

«Cosa fai? Sei impazzito?» lo rimproverò Lauren. «Siediti che vado a prendere il kit di pronto soccorso.»

«No, non farlo» ribadì Shane, ma questa volta la sua voce aveva perso parecchia foga.

«Sì, invece. Siediti lì» gli intimò indicando la sedia. Poi strappò altra carta dal rotolo e gliela sbatté contro il torace: «E tieni questa sul piede finché non torno con le bende.» Così dicendo si affrettò verso il bagno.

Aveva l'impressione di essere sempre di corsa in quei giorni, altro che pausa di relax.

Non impiegò molto a trovare la scatola con le

bende nell'armadietto dei medicinali, insieme al disinfettante e a un po' di crema antisettica; e tuttavia, quando tornò in cucina, Shane non era più dove l'aveva lasciato.

La porta sbatté, e allora lo vide, e vide la sottile traccia di sangue che si arrestava davanti ai suoi piedi. Anche le mani, che continuavano a tremare, presentavano dei tagli.

«Si può sapere qual è il tuo problema?» urlò Lauren. Quell'uomo non aveva il minimo istinto di sopravvivenza, e lei non aveva nessuna voglia che morisse mentre era sotto la sua custodia. Lo raggiunse sulla porta e lo accompagnò al tavolo.

Una rapida occhiata fuori dalla finestra le confermò che Shane aveva buttato le rose nel cortile gelato. Perché si fosse preso la briga di fare una cosa del genere, non ne aveva idea.

«Adesso siediti» sibilò Lauren, portandosi le mani sui fianchi mentre aspettava che Shane obbedisse.

«Ti avevo detto di non preoccuparti» brontolò lui cupo, «ce l'avrei fatta da solo.»

Lauren gli afferrò la mano e ispezionò i piccoli tagli e le ferite che ne punteggiavano il palmo. «Perché tanta fretta? Non potevi aspettare cinque secondi che lo facessi io?»

Lui non disse niente, ma il tremore ricominciò.

«Va bene, non dirmelo» sospirò lei. «A ogni modo devo rattopparti, qualunque sia il motivo che ti ha fatto arrabbiare.»

«Perché?» sospirò lui. «Pensi che faccia male? Non è niente in confronto a mezza tonnellata di metallo che ti piomba sulle ginocchia, inchiodandoti a un'enorme montagna di neve, dove rimani per un'ora a chiederti se è così che morirai.»

«Una descrizione molto accurata: è successo a qualcuno di nostra conoscenza?» Lauren versò dell'antisettico su un batuffolo di cotone e lo premette sul primo taglio. Shane fece una smorfia, ma non protestò.

«Sarà piccolo, in confronto» continuò lei, «ma può infettarsi, e il fatto che non ti piaccia vedere un po' di fiori sul tavolo non è un buon motivo per rischiare.»

«Quello non c'entra» ribatté Shane, poi parve scoraggiarsi e si chiuse nel silenzio.

Lauren aspettò che aggiungesse qualcosa, ma l'uomo non disse nulla.

«Va bene, qualunque ne sia la ragione, hai fatto una cosa stupida. Sei fortunato che ci sia io a fare tutto il lavoro, qui, perché con una ferita al piede e la mano tagliuzzata tu sarai ancora più inutile.»

«Perché mi parli così?» chiese lui fissandosi la mano, intanto che lei gliela curava.

«Perché è l'unico modo in cui rivolgersi a te. Il

primo giorno ti avevo chiesto di ricominciare da capo, ma ti sei rifiutato, quindi siamo arrivati a questo punto. Con molta franchezza e senza tanti giri di parole.»

Sul viso di Shane, per un momento, sembrò aprirsi un sorriso tenue, ma, altrettanto rapidamente, tornò l'abituale espressione corrucciata. «Forse è meglio così.»

Lauren gli girò la mano e continuò a disinfettare i tagli. «Può darsi» concordò lei, «ma non pensare di farla franca: prima o poi scoprirò cos'hai che non va.»

«Sei molto sicura di te» osservò lui. «Dubito che riuscirai a fare qualcosa che nemmeno io sono riuscito a fare. Ma se proprio insisti, tanti auguri.»

Lauren ebbe la sensazione che Shane fosse sincero in quello che aveva appena detto; che volesse veramente che qualcuno lo capisse. Se lui stesso non riusciva a comprendersi, che ci provasse qualcun altro.

Lentamente Shane si andava calmando, e Lauren decise di provare di nuovo a chiedere spiegazioni. «Mi dici che cos'hai contro le rose, soprattutto considerando che hai chiamato così uno dei tuoi cani, Briar Rose?»

«Briar Rose non è uno dei miei cani» la rimbeccò lui, evidentemente irritato, come se Lauren gli avesse involontariamente mosso un'accusa.

«Strano, visto che vive insieme a loro.»

«La tengo qui, ma non è mia.»

«E i fiori?» Lauren mantenne lo sguardo rivolto verso il basso mentre lavorava, cercando di non dare a vedere quanto fosse interessata alle risposte che andava cercando sulle ragioni di quei comportamenti.

«Sono inutili» concluse Shane, e tornò al suo solito piglio rude: «Non mi piacciono i cambiamenti e non mi piace che tu faccia casino.»

«Beh, scusa tanto se ho cercato di ravvivare un po' l'ambiente.»

«Chi ti ha detto che mi piace la vivacità? Chi ha detto che questo posto ha bisogno di essere ravvivato?»

«Va bene, musone. Qui abbiamo finito» osservò Lauren applicando in fretta gli ultimi bendaggi alla mano. «Adesso fammi vedere il piede.»

«Fai attenzione a quel vetro» le disse l'uomo mentre Lauren si chinava a controllare la pianta del piede.

Lei non riuscì a trattenere una risata: «Perché dovrei stare attenta, quando tu per primo non te ne preoccupi?»

Shane tossì in modo forzato per mascherare il sorriso che gli era spuntato sul volto. Questa volta, quando Lauren applicò l'antisettico alla ferita, sobbalzò per il dolore.

«Piano, giovanotto» lo ammonì Lauren afferrandogli la caviglia per tenerlo fermo e per mantenersi in equilibrio.

«Non mi piace che tu ti prenda cura di me» disse lui.

«E allora non costringermi a farlo.»

Tredici

Le due settimane successive trascorsero in modo molto simile alla prima. Lauren si trovava sempre più a suo agio, sia con i cani che con il nuovo datore di lavoro, ma ancora non riusciva a comprendere veramente né l'uno né gli altri. Così decise di concentrare le proprie energie su qualcosa che, con un po' di fortuna, forse, sarebbe stata in grado di capire meglio, una volta che fosse entrata in possesso delle informazioni giuste.

Il passato di suo padre.

Ogni giorno portava a termine sempre più rapidamente le proprie mansioni di addestratrice: aveva trovato diversi modi, tutti suoi, di far esercitare cani in maniera più efficace: faceva trainare loro la slitta in salita, dopo aver aggiunto i pesi e facendoli partire dal fondovalle; e ai cani più grossi riservava l'automobile in folle, anziché la piccola slitta. Perfino Shane era rimasto stupito nel vederla rientrare in casa prima del crepuscolo.

Quel giorno si era svegliata un paio d'ore prima del solito ed era riuscita, addirittura, a liberarsi nel primo pomeriggio. Questo le aveva lasciato a disposizione una buona parte della giornata—e sapeva esattamente come l'avrebbe trascorsa.

Shane le lasciò l'automobile, così che potesse guidare fino ad Anchorage e passare qualche ora in giro per la città. Quello che Shane non sapeva è che quell'uscita aveva come scopo una ricerca.

Lauren aveva riflettuto a lungo sulle informazioni a sua disposizione. Ogni giorno, mentre faceva fare esercizio ai cani, aveva cercato di collegare i puntini di quel disegno, con linee invisibili ancora non tracciate.

E ora aveva intenzione di affinare gli strumenti a sua disposizione. Forse avrebbe anche risolto il mistero una volta per tutte. Aveva cercato di collocare gli eventi su una linea temporale, ricorrendo a vecchi articoli di giornale e altri ricordi che aveva trovato nella scatola marrone. Il primo articolo era datato 1992, il più recente 1995. Lei aveva due anni a quell'epoca, ma non riusciva assolutamente a ricordare di aver mai vissuto in Alaska, o che suo padre ne avesse mai fatto menzione.

Di fatto, sul suo certificato di nascita c'era scritto che lei era nata in California. Ma era proprio vero?

Sua madre era morta quando lei aveva due anni. Era possibile che suo padre, per quel motivo, avesse ripudiato la propria vita precedente e se ne fosse andato a New York per ricominciare da capo? Ma anche se così fosse stato, perché tenerlo segreto, sapendo quanto Lauren fosse assetata di ogni dettaglio che lui potesse fornirle sulla madre che non aveva conosciuto?

Perché tenere nascosta una parte così importante di sé?

Questo era quanto Lauren arrivava a capire per conto proprio, ma quelle domande la portavano sempre in qualche vicolo cieco e lei si sentiva più confusa che mai. Per questo la missione di quel giorno era così importante.

Lauren cominciò il giro di Anchorage dai centri di addestramento menzionati più di frequente negli articoli su suo padre e sulle corse. Com'era prevedibile, quel pomeriggio c'era un gran numero di slitte, e uomini e cani correvano allegramente in pista.

Lauren aspettò nel parcheggio che qualcuno finisse e si preparasse a tornare a casa. Non dovette attendere a lungo prima che una giovane donna, più o meno della sua età, comparisse accanto a lei con un cane.

«Ciao, posso chiederti una cosa?» Lauren

richiamò la sua attenzione e si incamminò verso di lei a grandi passi, ostentando sicurezza, senza però dare l'impressione di essere un venditore ambulante o di avere qualche petizione da farle firmare.

La giovane alzò le spalle e, con un rapido cenno della mano, diede ordine all'enorme akita nero di sedersi. «Suppongo di sì. Non sono sicura di saper rispondere, ma dimmi pure.»

«Grazie mille.» Lauren strinse il suo notebook al petto con una mano e tese quella libera alla ragazza. «Salve, mi chiamo Lauren Dalton. Sono qui per cercare informazioni su mio padre. Correva negli anni Novanta.»

«Io, negli anni Novanta, non correvo. Sono nata in quegli anni.»

«Anch'io» rispose Lauren ridendo. «Adesso, invece, corri?»

La ragazza fece cenno di no: «A Samsung piace la pista, e viviamo qui vicino. Quindi è qui che veniamo più spesso a fare le nostre passeggiate.»

«Ah!» Lauren poteva sentire la delusione che le si dipingeva in volto.

«Ma frequento abbastanza i musher da conoscere i momenti *clou* delle gare» proseguì la ragazza. «Come si chiamava tuo padre?»

«Edward Dalton?» Lauren pronunciò il nome del padre quasi come se fosse stata una domanda.

La donna scosse il capo e sembrò sinceramente dispiaciuta di non poterla aiutare: «Mi suona familiare, ma non abbastanza da poterti dare le informazioni che ti servono.»

«Va bene, grazie lo stesso. E scusa se ti ho disturbata.»

«Non c'è problema, non ti preoccupare. Spero che troverai quello che cerchi.» Fece cenno al cane di muoversi restando al suo fianco e strinse il guinzaglio nella mano.

Lauren si guardò intorno per vedere se qualcun altro, dalla pista, si stesse dirigendo verso il parcheggio. Forse la prossima persona sarebbe stata in grado di darle delle risposte.

In quel momento, la ragazza con l'akita la chiamò di nuovo: «Aspetta!»

Lauren si girò con barlume di speranza nel cuore.

«Hai provato a chiedere alla Loussac?» le chiese, accarezzando piano la testa del cane, intanto che Lauren rispondeva.

«È un altro circuito di allenamento?»

La ragazza rise: «No, è la biblioteca. Vi sono archiviati tutti i vecchi articoli e cimeli. A dir la verità, una delle bibliotecarie è mia amica. Ed è ossessionata da tutto quel che riguarda le corse. Forse lei potrebbe darti qualche informazione su tuo padre.»

Ma certo! La biblioteca!

«Grazie!» gridò Lauren, poi si diresse nuovamente verso l'auto e avviò il motore.

Solo quando fu sulla strada principale si rese conto che aveva persino dimenticato di chiedere a quella forestiera gentile come si chiamasse.

Quattordici

La biblioteca Loussac Z.J. aveva l'aspetto di un liceo e, con la sua architettura arrotondata e le sculture ultramoderne, non sembrava un luogo in cui scoprire vecchi e oscuri segreti. Assomigliava a una macchina del tempo proiettata verso il futuro. *La macchina del tempo* non era forse uno dei libri di Herbert Wells? Il padre di Lauren era sempre stato appassionato di romanzi di fantascienza; lei, al contrario, non ne aveva mai letti, se non quelli che le erano stati necessari per l'esame di maturità.

La ragazza si chiese se anche suo padre fosse mai entrato in quell'edificio.

Si affrettò a varcarne la soglia, portandosi dietro

una folata di vento freddo, come se il fantasma di Edward Dalton si fosse precipitato dentro insieme a lei per farle strada. Forse suo padre aveva avuto intenzione di raccontarle quel suo passato, ma non aveva mai trovato il momento giusto.

Quanto desiderava che fosse ancora lì con lei, per tante ragioni. Quando tutto il tuo mondo va in frantumi all'improvviso, non è possibile rimettere insieme i cocci. Lei, in fondo, non era molto diversa da Shane e dal suo vaso fatto a pezzi; Shane, che si ostinava a prendere a calci le schegge rimaste, aspettandosi che andassero a formare qualche cosa di simile a un nuovo vaso.

No, non poteva essere così.

Le piaceva pensare che le sue intenzioni fossero più nobili, più sane. Senza dubbio, suo padre avrebbe voluto che lei sapesse la verità. Sicuramente avrebbe voluto dirglielo di persona. Magari avrebbero fatto un viaggio ad Anchorage e l'avrebbe accompagnata a visitare i vecchi luoghi in cui era solito incontrare gli amici.

No, non avrebbe dovuto essere da sola in quel posto.

L'interno della biblioteca incuteva soggezione tanto quanto l'esterno, forse anche di più. Lauren si ritrovò circondata da uno strano miscuglio di antico e moderno. Da quando in qua le biblioteche si erano trasformate in centri iper-tecnologici? Perché i libri non bastavano più a soddisfare la sete di chi era in cerca della conoscenza?

Si scrollò di dosso quella sensazione sgradevole e si diresse verso l'ampia reception dove due impiegate presidiavano il bancone. La più anziana fece mostra di non notare la sua presenza, mentre la ragazza più giovane la accolse con un sorriso schietto e appoggiò il libro che stava controllando per salutarla: «Salve» cantilenò allegra. «In cosa posso aiutarla?»

Era questa la bibliotecaria della quale aveva parlato la ragazza con l'akita?

L'impiegata più anziana continuò a cliccare qualcosa al computer, continuando a far finta che Lauren non esistesse. A parte Shane, questa era l'accoglienza più fredda che Lauren aveva ricevuto da quando aveva messo piede in Alaska. Una stranezza fuori luogo.

Tuttavia, la bibliotecaria più giovane le rivolse un sorriso ancora più ampio e reiterò l'offerta d'aiuto.

«Dunque» cominciò Lauren. «Avete delle vecchie copie del Times?»

«Certo. Times di Anchorage o di New York?»

«Di Anchorage.»

«Di che anni?»

«Dal 1992 al 1995.»

«Ah, per quelle dobbiamo andare a cercare tra i microfilm» esclamò la ragazza. I capelli biondi erano chiari quasi quanto la neve sul piazzale e creavano un forte contrasto con le guance colorite e le labbra pesantemente truccate. Oltre al rossetto, non aveva però altro trucco, per quanto si potesse vedere.

«Vieni con me» la invitò la donna uscendo da dietro il bancone e facendole cenno di seguirla. «A proposito, mi chiamo Scarlett.»

«Piacere, Lauren.» Le tese la mano, che la bibliotecaria afferrò con entusiasmo.

Accidenti. Scarlett era una persona piuttosto vivace, e l'effetto era accentuato dal suo abbigliamento, tanto sgargiante quanto invece i capelli e la pelle erano chiari: indossava una giacchetta viola con pantaloni verde petrolio e stivali rosa confetto. Lauren ne ammirò il coraggio di mettere insieme una combinazione del genere e ammise che l'effetto era tutt'altro che disprezzabile.

Scarlett continuò a chiacchierare per tutto il percorso, fino in fondo alla biblioteca, e condusse Lauren in una stanza piccola e scura. Accese le luci e si diresse a passo di marcia lungo gli scaffali, scorrendo con le dita le etichette delle scatole.

«Ah, ah!» gridò infine, avendo trovato quella che cercava: la tiro giù e l'appoggiò su di un tavolo, sul quale era posizionato anche un arnese che assomigliava a un vecchissimo computer. «Guarda che roba» le disse Scarlett mentre tirava fuori uno dei microfilm e lo osservava in controluce strizzando gli occhi. «Fantastico, no?»

«Certo.» Lauren rise. «Ehm... fantastico.»

Scarlett caricò il primo microfilm e accese lo schermo. «Sei qui per un progetto di ricerca?»

Lauren scosse la testa. «No, ho finito con la scuola. Questo è un progetto di storia familiare, diciamo così.»

«Oh, genealogia! È una delle mie passioni, seconda solo alla grande corsa.» Sì questa poteva essere solo la bibliotecaria della quale le aveva parlato la donna alla pista di allenamento.

«È curioso che tu dica così» confessò Lauren «perché mio padre correva, tanto tempo fa. E io sto cercando di scoprire qualcosa su di lui. Suppongo di essere un po' del mestiere anch'io. Di recente, ho accettato l'incarico di addestratrice per Shane Ramsey: ne hai sentito parlare?»

«Shane Ramsey?» le guance di Scarlett diventarono ancora più rosse. «Beh, sì. Tutti hanno sentito parlare di lui. Ho un po' del suo vecchio equipaggiamento, a dire la verità.»

«Qui in biblioteca? Posso vederlo?» Forse avrebbe

scoperto qualcosa anche sul mistero di Shane. Con un po' di fortuna, sarebbe riuscita a prendere due piccioni con una fava.

Scarlett abbassò lo sguardo sulla catasta di microfilm. «No, non qui. Ho una collezione a casa. Cimeli di vecchie corse e cose del genere.»

«Che genere di cose?» chiese Lauren, allo stesso tempo affascinata e travolta dalla vivacità della bibliotecaria.

«Oh, un po' di tutto: ganci da neve, finimenti, linee di traino e freni a morso... capisci? Quando parlo con la gente normale, cerco di non far vedere quanto sono fissata con le corse.» Scarlett scrollò le spalle e alzò gli occhi al cielo e la conversazione prese una piega più fluida.

«Non ti preoccupare, il tuo segreto con me è al sicuro. E, a parte quello, anch'io sono un po' matta.»

Risero entrambe. «Bene, magari possiamo essere amiche!»

«Certo, mi piace avere amici che sanno un sacco di cose sugli argomenti che mi interessano.»

Scarlett rimase con lei mentre continuava a cercare tra i microfilm, ma nessuna delle due trovò niente di più di quel che Lauren non avesse già scoperto grazie al contenuto della scatola marrone. Quando fu il momento di andare, si scambiarono i numeri di telefono e promisero di rimanere in contatto.

Sospettando che la sua amica avesse un po' una cotta per Shane, Lauren promise a Scarlett che gliel'avrebbe presentato. La situazione era troppo divertente perché potesse essere gelosa.

Quindici

Quando Lauren rientrò, era ormai tardi per preparare la cena, ma l'aveva messo in conto, per cui si era fermata da Carl's Jr. e aveva ordinato due pacchetti menù sperando che l'idea facesse piacere a Shane. Stranamente, nonostante si aspettasse uno battibecco, lo trovò di buon umore.

«Bentornata» disse lui con un sorriso quando Lauren entrò in soggiorno.

La ragazza rimase per un momento in attesa di un commento sarcastico o di una delle sue domande condiscendenti, ma non ne arrivarono. Quella sera Shane sembrava sinceramente contento di vederla. «Hai sentito la mia mancanza?» chiese lei nel tentativo di far venire allo scoperto l'uomo al quale era abituata.

Shane appoggiò sulle ginocchia il libro che stava leggendo e la guardò: «Senza te in giro, qui era tutto troppo quieto. Non mi ero accorto di quanto mi fossi abituato a te nelle ultime settimane.»

«Quindi è un sì?» chiese lei, passandogli davanti e dirigendosi verso la cucina per prendere due piatti di carta.

«Quindi è un 'più o meno, penso di sì'» rispose lui.

Lauren mise in un piatto uno degli hamburger e il contorno di patatine fritte e glielo passò. Poi si sedette sull'altra poltrona accanto a lui.

«Come facevi a sapere che avevo voglia di un hamburger di Carl's Jr.?» le chiese lui prima di dare un grosso morso al panino.

Lauren lo guardava in silenzio, aspettandosi che la punzecchiasse.

«Grazie» bofonchiò invece lui tra un morso e l'altro.

«Va bene, basta così!» esclamò lei, alzandosi in piedi con le mani sui fianchi. «Chi sei? Cosa ne hai fatto del mio musone?»

Shane rise e continuò a mangiare: «È solo che oggi sono contento.»

«Contento?»

Shane annuì: «Sì, sono contento.»

«È una parola che fa parte del tuo vocabolario?» insistette Lauren.

Shane alzò al cielo i suoi profondi occhi cerulei: «Perché? Non è che non sono mai di buon umore.»

«E invece è proprio così.»

«Uno a zero per te.» L'uomo rise e tornò a mangiare avidamente le sue patatine. «Mi sforzerò di più di essere gentile.»

A Lauren sarebbe piaciuto continuare a prenderlo in giro, ma sapeva anche che era meglio non mettere alla prova quell'inaspettato dono della provvidenza. Forse sarebbero potuti diventare amici, dopotutto. Perché no?

Mentre finivano la cena, chiacchierarono raccontandosi le rispettive giornate. Fu una sorpresa talmente piacevole che Lauren dovette quasi darsi dei pizzicotti per essere sicura di essere sveglia. E tuttavia, per quanto fosse bello, lei voleva delle risposte.

«Shane?»

«Dimmi.» Lui alzò gli occhi e la guardò. Cioè: la guardò veramente. Non era il suo solito sguardo distratto che la attraversava senza vederla. Quella sensazione le piacque. Ora capiva di più la cottarella di Scarlett: Shane era un bell'uomo, quando non rovinava tutto con il suo carattere orribile.

Questo lato di Shane era, senza dubbio, una cosa

alla quale non avrebbe faticato ad abituarsi. Ma era davvero lui?

«Ho bisogno di sapere...» si arrischiò a chiedere Lauren, allontanando i residui della cena e appoggiandosi allo schienale della propria poltrona. «Cos'è successo oggi? Perché sei così di buon umore?»

«È una bella giornata» rispose lui. «Tutto qui.»

«Va bene, una bella giornata. Hai vinto alla lotteria? È il tuo compleanno? C'è qualcosa che dovrei sapere e che mi sono persa?»

Shane rise e si appoggiò a sua volta alla poltrona: «Niente del genere. Solo una bella giornata e un buon libro.»

Lauren sbirciò il volume appoggiato sulle ginocchia dell'uomo, cercando di leggere il titolo, ma il riflesso della luce diffusa dalla lampada da lettura lo nascondeva al suo sguardo curioso. «Ahhh... quindi è quel libro che ti rende così felice. Che libro è?»

«Te l'ho detto: un buon libro. Uno dei miei preferiti, a dirla tutta.»

«Eccoti di nuovo a fare il difficile. Lo sapevo che non sarebbe durato tanto. Mi dici qualcosa di più su questo buon libro in grado di cambiare l'umore o no?»

Shane raddrizzò lo schienale della poltrona e le passò il volume: «Sei sicura che sia io quello difficile?

Non è il libro che mi che mi mette di buon umore. Però, ecco qui, dai un'occhiata. Quando lo finisco, se vuoi, puoi leggerlo.»

Lauren prese in mano il libro, e la copertina flessibile mezzo rovinata le fece venire il dubbio che fosse stato letto ben più di una volta. Doveva aver procurato al lettore più di una buona giornata. La copertina era scura, con un'immagine dell'autore al centro, in bianco e nero. *La raccolta delle opere* di Jack London. «È il tipo che ha scritto *Il richiamo della foresta*?» chiese Lauren. «Penso di averlo letto alle superiori.»

«Sì, è—»

«Un buon libro.» Lauren finì la frase al suo posto. «Lo so, l'hai già detto, secchione.»

«Guarda che sei tu quella che ha passato tutto il giorno in biblioteca» osservò lui «Quindi, se sei troppo raffinata per leggere Jack London, allora che cosa ti piace leggere?»

«Oh, più o meno tutto quello su cui riesco a mettere le mani, ma più che altro romanzi.»

Shane fece finta di soffocare dalle risate e Lauren gli tirò il preziosissimo libro, che lo colpì al petto con un rumore sordo.

«Smettila!» urlò lei. «I romanzi sono bellissimi e non hai nessun diritto di prenderti gioco di loro».

«Quella è roba da ragazze, non per uomini forti

come me» la rintuzzò lui, gonfiando il petto, compiaciuto come un galletto.

«Innanzitutto, sì, sono una ragazza. Ma non è assolutamente vero che i romanzi sono solo per le ragazze. È come dire che l'amore è solo per le ragazze, mentre è una delle esperienze umane più importanti e non può essere appannaggio solo di metà dell'umanità. Sei mai stato innamorato?»

L'energia dentro il soggiorno si trasformò con tale rapidità che Lauren ne fu quasi nauseata. «Amore.» Shane ansimò. «Nessuno può amarmi.»

Se sei sempre così, non stento a crederci, pensò Lauren, ma tenne quella considerazione per sé.

Sedici

Lauren avrebbe voluto riprendere il consueto programma di addestramento con i cani ma, essendosi alzata presto un giorno, a quanto pareva, ora questi si aspettavano che lo facesse sempre. In alternativa avrebbe dovuto trovare un sistema per ignorare due ore di gioiosi latrati e continuare a dormire. Ma lei era una di quelle persone che non necessitano di molte ore di sonno, quindi optò per la prima alternativa.

E poi le piaceva finire di lavorare nel pomeriggio, perché le rimaneva del tempo libero per lavorare alla soluzione dei suoi misteri. Inoltre, doveva capire cosa avrebbe fatto una volta che Shane fosse guarito completamente e non avesse più avuto bisogno di lei come addestratrice.

A volte pensava che sarebbe stato bello restare in Alaska. Non nel piccolo villaggio di Puffin Ridge, ma magari ad Anchorage, una città più viva, più vibrante. Forse avrebbe anche avuto la propria muta di cani e avrebbe potuto partecipare alle corse. Man mano si abituava a quello stile di vita, l'idea di far parte di quel mondo le piaceva sempre di più. E tuttavia, non aveva ancora idea di cosa avrebbe fatto.

In effetti, l'unica cosa che sapeva per certo era che non sarebbe tornata a lavorare per la società di gestione dei dati. Non sarebbe tornata alla sua vecchia vita.

Doveva continuare a cercare la propria strada ed era determinata a farlo.

Adesso che sapeva come arrivare in città e aveva del tempo libero durante il giorno, si sarebbe data da fare per migliorare anche in cucina. Non che le piacesse cucinare di per sé, ma le piacevano i risultati e, che lo ammettesse o meno, piacevano anche a Shane.

Quel giorno, per cena, avrebbe preparato una sostanziosa zuppa con tre diversi tipi di fagioli, che stava già cuocendo nella pentola a cottura lenta, il suo ultimo acquisto durante la visita in città. Quando rientrò in casa, dopo aver fatto allenare i cani, nel soggiorno si sentiva già il profumo delle cipolle caramellate e delle carote stufate che le fece borbottare lo stomaco, pregustando la deliziosa cenetta.

Shane era sveglio. Era seduto al tavolino vicino alla finestra, come suo solito in quel momento della giornata. Oggi, però, invece del tablet che aveva sempre con sé, e su cui leggeva le ultime notizie, aveva compagnia.

Un bell'uomo dai capelli biondo scuro e il viso rasato di fresco era seduto di fronte a lui. I due chiacchieravano e bevevano caffè da due grosse tazze. A Lauren sembrò che ci fosse qualcosa di familiare nel nuovo arrivato, ma non riuscì a identificare cosa.

Lui, invece, sembrò riconoscerla immediatamente e si alzò in piedi, tendendole la mano per salutarla nel momento stesso in cui lei fece il suo ingresso in cucina.

«Ciao, Lauren. A quanto pare, sta andando tutto bene. Mi fa piacere. Sono contento che tu abbia contattato l'SDRO e che siamo riusciti a trovare per Shane e per i suoi cani l'aiuto di cui avevano bisogno. Ti piace il lavoro?» Le rivolse un gran sorriso, in attesa di capire dal suo sguardo se lei lo avesse riconosciuto.

Ah, sì. L'SDRO, l'organizzazione per il salvataggio dei cani da slitta. Quello doveva essere uno dei dirigenti. L'uomo con cui aveva parlato al telefono la prima volta che aveva chiamato per quel lavoro era un veterinario, il marito di Lolly Winston. Che fosse lui?

Il visitatore si accorse della sua confusione: «Penso che non ci siamo mai incontrati di persona. Io sono Oscar Rockwell, codirettore dell'SDRO. Mi occupo della cura dei cani e degli aspetti tecnici dell'organizzazione, mentre mia moglie, Lolly, si occupa delle pubbliche relazioni.»

«Ma certo!» esclamò Lauren con calore. Quell'uomo doveva essere un santo per dedicare così tanto tempo ad aiutare gli altri, soprattutto gli animali. «È un piacere conoscerti di persona.»

Oscar Rockwell le offrì la sua sedia e andò a cercarne un'altra per sé, lasciando Lauren e Shane da soli per alcuni istanti.

«Sapevi che sarebbe venuto oggi?» chiese Lauren.

Shane fece un cenno di diniego: «No, è un controllo a sorpresa. Lo fanno quando piazzano i cani. Però non avevo capito che sarebbero venuti a controllare anche noi. A quanto pare, la mia fama mi precede.»

Lauren aggrottò un sopracciglio, cercando di trattenere una risata che le solleticava la gola: «Ti riferisci alla tua fama di musone?»

Shane annuì, e bevve un sorso di caffè da un'improbabile tazza su cui era dipinto a mano un campo di fiori—una scelta decorativa piuttosto inusuale per lui. Lauren si chiese se, per caso, non fosse un regalo al quale lui si fosse aggrappato e se sì, chi gliel'avesse data.

Oscar Rockwell tornò portando con sé una sedia, e la sua energia positiva rischiarò l'atmosfera, altrimenti piuttosto cupa, del soggiorno. «Non ho potuto fare a meno di ascoltarvi» disse. «Giuro che sono qui solo per vedere come va e se c'è niente che io o l'organizzazione possiamo fare per aiutarvi. Nessuno è sotto esame.»

«Questo mi rassicura» rispose Shane con un rapido cenno del capo. «Pensavo che fossi venuto a portarmi via la mia addestratrice.»

«Nessuno può portarmi via, se non sono io che voglio andarmene» osservò Lauren. «Diversamente dai cani, posso decidere per conto mio.»

«Giusto» confermò Oscar Rockwell. «Mia moglie, che è una donna molto pragmatica, continua a ripetermi che tu sei perfettamente in grado di gestire questo tizio da sola.»

A quel complimento Lauren arrossì. Si domandò se un giorno avrebbe incontrato Lolly di persona. Chissà, forse, le avrebbe anche chiesto un autografo, già che c'era.

Shane fece una smorfia e si passò il dorso della mano sulla bocca, poi appoggiò la tazza sul tavolino. «*Molto pragmatica* è la definizione più azzeccata: questa donna mi dà del filo da torcere.»

«Davvero?» chiese il loro ospite appoggiando la propria tazza in un angolino libero del tavolo, tra le scartoffie di Shane che continuavano a occuparne quasi tutta la superficie. A Lauren dispiaceva proprio tanto non poter fare un po' d'ordine.

«Sì, sì. Non si lascia dire niente da nessuno, men che meno da me. I cani le vogliono bene, le riconoscono l'autorità, adesso, anche se abbiamo dovuto lavorarci su un po'. All'inizio ero sicuro che una principiante del genere sarebbe stata solo una seccatura, ma un po' alla volta ha dimostrato di essere all'altezza.» Le lanciò una rapida occhiata per poi tornare al veterinario.

Quindi lui la apprezzava? Pensava davvero che stesse facendo un buon lavoro? Non ne era stata sicura fino a quel momento e, accipicchia, era una bella sensazione ricevere un complimento del genere da quel musone del suo titolare.

«Quindi è per questo che non abbiamo più ricevuto email di reclamo?» Oscar Rockwell fece scorrere un dito lungo il bordo della tazza ormai vuota.

Il senso dell'ospitalità impose a Lauren di accertarsi che al loro visitatore non mancasse nulla, quindi si alzò prontamente e andò al fornello a prendere il bricco per offrirgli dell'altro caffè. Continuò, però, ad ascoltare la conversazione tra i due, perché moriva dalla voglia di sentire cosa avesse da dire Shane al riguardo.

Questi abbassò la voce, ma lei riusciva ancora a capire chiaramente quello che diceva: «Cosa ti aspetti, quando mi mandi qualcuno con zero esperienza? Però, sì, alla fine ha funzionato. Qui va tutto bene. Ho anche pensato di iscrivere Lauren e i cani a una corsa. Soprattutto per mantenere i cani in forma.»

Soprattutto. E quali potevano essere le *altre* ragioni? si chiese Lauren.

«Mi fa piacere» rispose Oscar Rockwell, mentre Lauren gli riempiva di nuovo la tazza. «Sai che puoi chiamarmi in qualsiasi momento, se hai bisogno. Questo vale per entrambi. Mentre sono qui, ti dispiace se do un'occhiata anche ai cani?»

«Fai pure» rispose Shane. «Saranno contenti di vederti.»

Restarono a osservare il veterinario mentre tornava a indossare la tenuta invernale e usciva portando con sé il caffè bollente e si avviava verso i recinti.

Quando la porta si chiuse alle spalle di Oscar, Lauren disse: «Grazie per aver detto tutte quelle cose gentili. Sarebbe stato carino sentirle anche prima, ma è quello che passa il convento, giusto?»

«Non montarti la testa» brontolo lui, portandosi di nuovo la tazza alle labbra e guardando Oscar avviarsi verso le cucce. «Hai ancora parecchia strada da fare, ma almeno hai cominciato a muoverti nella direzione giusta.»

«Va bene, musone. *Ti piaccio*, non provare a negarlo.»

«Eh, che parolona» ribatté l'uomo con un sorriso.

«Sì, anche tu mi piaci.» Lauren si versò una tazza di caffè e rimasero seduti insieme, immersi in un silenzio amichevole per un altro po', prima di tornare entrambi alle proprie occupazioni.

Erano giornate come quella che facevano sentire Lauren a casa.

Diciassette

Quando Shane si sedette a tavola per cena, quella sera, sembrava avere un programma ben preciso. O perlomeno, fu così che Lauren lo interpretò.

La ragazza servì due ciotole della zuppa bollente che aveva preparato, ed entrambi decisero di gustarla seduti comodamente in soggiorno, sulle poltrone vicino al camino: Shane sembrava più incline ad aprirsi quando sedevano insieme in salotto, come se il fatto di rimuovere l'ostacolo fisico del tavolo abbattesse anche una sorta di barriera emotiva.

Davanti al fuoco, Shane metteva a nudo la propria anima. Discutevano di buoni libri, si raccontavano le rispettive giornate, fino a quegli scherzi bonari che avevano spesso luogo tra loro. La fiamma del camino sembrava dargli coraggio e la poltrona comoda lo alleggeriva delle sue ansie recondite.

«Buona questa zuppa» commentò dopo aver assaggiato la prima cucchiaiata. «Ho notato che passi molto più tempo in cucina, ultimamente. Pensi di poterti proporre come cuoca, una volta che avrai finito qui?» Shane sorbì rumorosamente un'altra cucchiaiata di brodo per enfatizzare l'apprezzamento.

Lauren scrollò le spalle: «Onestamente, non so cosa farò dopo. Prendo la vita giorno per giorno.»

Shane si accigliò e appoggiò la scodella sul tavolino a fianco. Si girò verso di lei e nel suo sguardo c'era qualcosa di simile alla pietà: «Prendere la vita giorno per giorno è garanzia di disastro. È come se gareggiassi senza sapere se ci sarà un traguardo.»

«È la vita. Certo che c'è un traguardo. E poi, cos'altro posso fare?» chiese Lauren distogliendo gli occhi dallo sguardo intenso di lui. «Non abbiamo idea di quanto tempo ti ci vorrà a rimetterti in sesto, per quanto tempo avrai ancora bisogno di me. E non ho idea di cosa vorrò io allora.» Lauren sperò che lui cogliesse quell'occasione per esporle i suoi progetti. Forse le avrebbe offerto un impiego a lungo termine. Forse non sarebbe stata costretta ad andarsene. Forse lui non avrebbe voluto lasciarla andare via.

Ma Shane non disse niente del genere. Al contrario, si limitò a dire: «Ti consiglio di capire cosa vuoi.»

«Così sarò felice? Come sei tu? Non farmi ridere.» La sua mancanza di passione la irritava. Sapeva di cominciare a piacergli. L'aveva ammesso lui, quella mattina, quindi perché si ostinava così caparbiamente a recitare quella parte? Lauren mescolò la sua zuppa, fissando il vortice di fagioli, piselli e pezzetti di carota che si rincorrevano nella ciotola.

«Allora non fare la sciocca» continuò Shane. Chiaramente non si stava divertendo e non era neppure commosso. Niente di niente. «Se non ti assumi le tue responsabilità adesso, rischi di vivere una vita che non ti piace, una vita che non ti sei scelta.»

«Lo dici per esperienza?»

«Può darsi.»

«Vuoi dirmi qualcosa di più?»

«No.» Shane si appoggiò allo schienale della poltrona e chiuse gli occhi, come a volerla ignorare.

«Allora non dare consigli che non sei in grado di giustificare» brontolo lei. Quella scaramuccia senza senso aveva rovinato tutta la delizia della cena. Lauren aveva pensato di aver raggiunto un punto di svolta nel loro rapporto ma, a quanto pareva, si era sbagliata. Si era trattato solo di una messinscena per far contento Rockwell? Oppure Shane era davvero così, una persona capace di essere calorosa e fredda allo stesso tempo?

«Non sto cercando di farti arrabbiare» disse lui tenendo gli occhi chiusi.

Lauren sbuffò. Per essere uno che non stava cercando di farla arrabbiare, ci stava riuscendo benissimo. Shane sapeva sempre, esattamente, come farla irritare. L'aveva capito fin da subito.

«Ascolta» insistette lui «sto cercando di aiutarti. Non fare affidamento su di me, va bene? Se hai bisogno di mettere un annuncio, fallo. Se hai bisogno di andare da qualche altra parte, vai. Non farti trattenere da me o dai cani. Magari sembra che si tratti solo di pochi mesi, ma cosa succederebbe se questi pochi mesi finissero col rovinare il resto della tua vita?»

Lauren alzò gli occhi al cielo, sperando che quella conversazione finisse. Ogni volta che le sembrava che stessero per avvicinarsi, lui si allontanava di nuovo. «È un lavoro temporaneo, Shane, lo sappiamo entrambi. È quello di cui ho bisogno adesso, quindi, a meno che tu non mi stia licenziando, possiamo cambiare argomento, per favore?»

«Come vuoi.» Aprì gli occhi, il blu rivitalizzato dal breve riposo. Lauren avrebbe voluto perdersi in quegli occhi, o forse si era già persa.

Diciotto

Trascorsero alcuni giorni durante i quali Shane sembrò allontanarsi ancora di più. Certo, lui era lì, era sempre *lì*. Ma si era chiuso completamente ed era tornato a nascondere quella parte di sé che aveva fatto intravedere per un attimo, lasciando Lauren a interrogarsi se stesse cercando di forzarle la mano per costringerla ad andarsene.

A Lauren non piaceva fare giochetti, soprattutto quando non riusciva neanche a capire le regole del gioco, ma Shane era tanto cocciuto quanto lei era determinata. E si trovavano a un punto morto.

Un giorno aveva deciso che sarebbe andata fino a Puffin Ridge, nel pomeriggio, per sbrigare alcune commissioni. Ma tutto cambiò quando Grace-daicapelli-rossi arrivò alla baita per accompagnare Shane in città.

«Ho un appuntamento dal medico. E certe questioni di cui mi devo occupare» le spiegò lui mentre guardavano Grace avvicinarsi rapida alla porta d'ingresso. Lauren si domandò come mai non potesse andarci da solo, visto che era perfettamente in grado di guidare. Forse il medico gli prescriveva uno di quei medicinali che non permettono di utilizzare veicoli: e in quel caso, perché?

«Se avevi bisogno di un autista, avrei potuto portarti io. Sono libera» osservò lei, ma lui si limitò a scrollare le spalle.

«Non c'è problema» chiarì la fisioterapista, che aveva sentito l'ultima parte della conversazione quando era entrata in casa. «Ti accompagno volentieri.»

Shane annuì. «È sempre Grace che mi porta in giro per questo genere di cose. Non c'è bisogno di cambiare qualcosa che funziona.»

«Ci metteremo alcune ore, quindi non è necessario che tu rimanga alzata» disse Grace sorridendo, mentre accompagnava Shane con le stampelle lungo il corridoio.

Benissimo. Se era quello che lui voleva... Con la baita a propria disposizione, Lauren avrebbe trovato un sacco di cose con cui tenersi occupata. C'era ancora parecchio da scoprire, e se Shane non voleva parlarne, avrebbe indagato per conto proprio.

Non sto ficcando il naso in giro, ragionò lei, *ho le mie buone ragioni. Se riesco a capire cosa lo abbatte così tanto, forse posso aiutarlo.*

Sapeva perfettamente da dove cominciare: il vecchio capanno di legno sul retro della casa. E se Shane l'avesse sorpresa a fare una cosa del genere, si sarebbe arrabbiato così tanto che, almeno, avrebbe mostrato un qualche tipo di emozione nei suoi confronti.

Le loro discussioni infuocate le mancavano molto, però non voleva neanche che l'equilibrio conquistato a fatica si spezzasse. Il fatto di essere arrivati a un punto morto la faceva impazzire, ma con le informazioni giuste, forse tutto sarebbe potuto cambiare in meglio per entrambi.

Aspettò mezz'ora buona per essere sicura di avere via libera; prese una carta di credito, un coltello da cucina e una forcina e li portò con sé, supponendo che sarebbero stati utili per forzare il lucchetto. Li provò tutti, la forcina per ultima perché non voleva togliersi i guanti per via dell'aria gelida; ma il pesante pomello rifiutò di cedere. Solo la chiave avrebbe funzionato. Probabilmente, se avesse rovistato tra le cianfrusaglie di Shane, l'avrebbe anche trovata.

Più determinata che mai, tornò indietro e cominciò dalla cucina. E già che c'era, avrebbe potuto anche dare una sistemata, pensò.

I fogli sparsi sul tavolino erano lì da settimane, da quando era arrivata, e la facevano uscire di senno. A Shane non sarebbe dispiaciuto se avesse messo un po' a posto, no? Non l'avrebbe giudicata un'intrusione eccessiva?

Diede una rapida scorsa alle carte per decidere come suddividerle. Trovò, più che altro, cose di scarsa rilevanza: bollette, licenze, pubblicità e una vecchia convocazione in tribunale.

Quest'ultima non riportava niente di specifico, ma Lauren si stupì ugualmente. Si domandò se Shane, per caso, fosse stato coinvolto in qualche caso giudiziario o avesse commesso degli illeciti. Aveva forse perso la pazienza e picchiato qualcuno? In ogni caso, il documento risaliva a oltre tre anni prima ed era probabile che il problema fosse stato risolto già da un pezzo.

Soddisfatta di quel lavoro, si dedicò al cassetto delle cianfrusaglie, che le sembrava il posto più probabile in cui tenere una chiave di riserva ma, diversamente da tutte le altre superfici in quella stanza, il cassetto era perfettamente organizzato, con tutto il contenuto nastro adesivo, forbici, un metro avvolgibile e tutto il resto bello in ordine e meticolosamente etichettato.

Strano.

Fece un respiro profondo e si diresse verso l'unico altro posto della casa nel quale non doveva mettere piede: la camera da letto. Cosa poteva mai esserci, lì dentro, da dover essere tenuto così segreto? Shane non le sembrava il tipo che si sente in imbarazzo per via di un paio di boxer dimenticati sul letto, e questo poteva significare solo che là dentro si nascondeva qualcosa di molto interessante. Forse anche lui aveva una scatola dei ricordi.

Guardò fuori dalla finestra un'ultima volta per assicurarsi di essere completamente sola, girò la maniglia, inspirò profondamente ancora una volta ed entrò.

Diciannove

Lauren si era aspettata di trovare un gran disordine: vestiti buttati alla rinfusa, contenitori di takeaway e altro pattume. Invece la camera di Shane, al contrario di tutto il resto della casa, era pulita e ordinata; i muri erano verniciati di rosso scuro e le tende erano completamente tirate, conferendo alla stanza l'atmosfera di una caverna. Era qui, dunque, che andava a rifugiarsi Shane per chiudere fuori il resto del mondo, inclusa lei?

Quello poteva anche capirlo. Ma non capiva perché per lui fosse così necessario tenerla fuori da lì. La stanza non conteneva niente che attirasse l'attenzione: un letto matrimoniale, una lunga cassettiera con specchiera, una piccola tv montata a soffitto con registratore VHS incorporato. Lauren dubitò che quel vecchio arnese funzionasse ancora o che Shane avesse ancora il tipo di videocassette giuste da far girare.

Tutto era scuro, in camera di Shane: il legno, i muri, le lenzuola. Anche il soffitto era nero come la notte. Di certo non si accordava al resto della casa. Anche il capanno misterioso era decorato a quel modo?

Lauren si avvicinò alla cassettiera. Un piattino con alcune monete, una bottiglia di acqua di Colonia e una bomboletta di deodorante spray erano le uniche cose che la occupavano e l'assenza di polvere significava che Shane teneva pulito. Ma perché solo quella stanza e non il resto della casa?

Il senso di colpa cominciava a farsi sentire, denso come nebbia. Lauren mormorò una preghiera rapida, chiedendo scusa per aver violato a quel modo la privacy di Shane. Però, poi, proseguì la propria ricerca: ormai aveva tradito la sua fiducia e non c'era nessuna ragione perché ciò fosse successo invano. Adesso doveva capire se lì c'era qualcosa di utile.

Nel comò trovò capi di vestiario accuratamente piegati e calzini scrupolosamente appaiati; era certa di non aver mai visto Shane indossare nessuna di quelle cose. Era un tipo di abbigliamento adatto a occasioni particolari, e lui non andava quasi mai da nessuna parte in quel periodo, preferendo rimanere a casa in pigiama.

Anche quel giorno, per l'appuntamento con il medico, indossava pantaloni della tuta e una vecchia t-shirt, tutt'altro che elegante.

Nell'armadio trovò un bel completo blu scuro, del genere che aveva spesso visto indossare ai manager quando viveva a New York. Un paio di Oxford, perfettamente lucidate, erano allineate sul fondo dell'armadio, e una serie di camicie eleganti pendeva dalle grucce. Trovò perfino una collezione di ascot, conservata ordinatamente dentro una scatola priva di coperchio.

Era come se Shane avesse una doppia vita, da consulente finanziario di alto livello, o cantante folk vecchio stile. O da moderno gangster, o presentatore TV... Ma no! non riusciva a immaginare Shane in nessuna di quelle vesti. Non riusciva a immaginarselo in nessun altro modo se non come l'aveva visto fino a quel momento, e questo la turbava ancora di più.

In alto, sopra i vestiti, un ripiano attirò la sua attenzione. Era a quasi due metri da terra e, benché si vedesse chiaramente che verso il fondo c'era qualcosa, non sarebbe riuscita a raggiungerlo senza uno sgabello o qualcos'altro su cui salire.

Una volta che avesse scoperto cosa c'era su quel ripiano, avrebbe smesso di curiosare. La sua indagine, quel giorno, anziché darle delle risposte, le aveva sollevato ulteriori domande, che non avrebbero aiutato né lei né Shane. Non si era avvicinata di un millimetro a comprendere quella sottile maschera di dolore. Aveva la sensazione di essere entrata nel rifugio segreto del dottor Jekyll e di mister Hyde. Possibile che non ci fosse un unico Shane? Ce n'erano due? E quale dei due aveva conosciuto lei, finora?

Andò in cucina, prese una sedia e tornò in camera, decisa a chiudere il caso una volta per tutte. Purtroppo, in quel momento la porta d'ingresso si spalancò con un sordo scricchiolio che parve di pessimo augurio.

Oh, no!

Cosa ci faceva Shane a casa così presto? Grace aveva detto che sarebbero stati fuori per diverse ore. Dove poteva nascondersi per non farsi vedere e sgattaiolare via più tardi? Forse... se lui fosse andato prima in bagno, o fuori a trovare i cani...

Pensa, pensa, pensa...

Ma Lauren non ebbe tempo per pensare, così si chiuse nell'armadio, senza riuscire, però, a nascondere la sedia.

Cavolo!

Shane entrò in camera. Lauren riusciva a vederlo dalla fessura delle ante e non sembrava particolarmente contento. Quando il suo sguardo finì sulla sedia, il suo volto si scurì come il resto della stanza: «Lauren!!!» tuonò.

«Sì?» squittì lei, aprendo lentamente l'armadio e avanzando verso il centro della camera padronale.

«Cosa ci fai in camera mia? Ti avevo detto di non entrare!» disse imperioso, trafiggendola con uno sguardo infuriato.

«Lo so, mi dispiace, volevo solo—»

«Volevi un bel niente! Fuori! Sparisci!» gridò Shane così forte da far tremare l'aria con un rombo che echeggiò attraverso la struttura della casa.

«Shane, lascia che ti spieghi. Io—»

«No, non mi spieghi niente. Devi solo uscire da qui.» Indicò con enfasi la porta aperta e la guardò a occhi sgranati, come se avesse potuto spostarla con lo sguardo.

«Non ho visto niente, giuro. Non sapevo—»

«Sapevi che non dovevi entrare qui dentro, ma tu sei fatta così, non è vero?» L'espressione sul suo volto si fece minacciosa. «Fai sempre quello che ti pare, te ne infischi delle regole. Bene, sai cosa? Io ho chiuso con te. *Tu* hai chiuso.»

«Aspetta, no. Mi stai licenziando?»

Shane partì con una sfilza di imprecazioni. «Perché sei ancora qui in camera mia? *Vattene!*»

Gli era tornato lo stesso tremore che gli aveva visto

quando aveva fatto tutto quel trambusto con le rose. Il torace si sollevava come se facesse una fatica tremenda a respirare.

Lauren avrebbe voluto scusarsi, spiegargli, ma cosa avrebbe potuto dire? Aveva violato la sua privacy e lo aveva fatto deliberatamente.

«Mi dispiace, ho sbagliato. E—» colse l'occasione per avvicinarsi a lui e gli posò una mano sul braccio, ma Shane si ritrasse bruscamente, come se si fosse scottato.

«Non toccarmi. Non toccare la mia roba. Non parlarmi neanche. Vattene e basta! Voglio che te ne vada entro domani mattina. Non voglio più vederti qui.»

Lauren avrebbe voluto arrabbiarsi. Avrebbe voluto urlare quanto lui, ma questa volta sapeva di avere torto, l'aveva saputo fin dall'inizio.

I cani avrebbero sofferto per colpa della sua curiosità? E Shane? Anche se in quel momento era fuori dai gangheri, ormai erano amici. Sarebbe riuscito a concentrarsi sulla sua guarigione, senza l'aiuto di cui aveva bisogno? E lei, dove sarebbe andata?

Non ne aveva idea, ma sapeva di esserselo meritato.

«Vattene subito, prima che ti butti fuori io.» Shane fremeva di rabbia ma, anche se era furibondo, Lauren sapeva che non le avrebbe mai fatto del male.

Le parole erano l'arma che usava per colpire e, tuttavia, evitava di dire cose di cui si sarebbe potuto pentire in seguito.

Intanto, però, l'aveva licenziata. Magari se lo sarebbe rimangiato. O magari tutto sarebbe finito lì. Cosa sarebbe stato meglio?

«Non mi ascolti?» Shane fece per afferrarla per la vita e sollevarla di peso, ma Lauren sfuggì alla presa e scappò in corridoio.

Quando lui le sbatté la porta in faccia, la ragazza sentì un fiume di lacrime scenderle lungo le guance.

Cosa avrebbe fatto adesso?

Venti

Lauren rimase seduta per ore, o almeno così le sembrò. Era sotto shock. Era riuscita a rovinare tutto, sia per sé stessa che per Shane. Non c'era più niente da fare.

Ma perché, poi, le importava così tanto? Perché non riusciva ad andarsene per la sua strada, lasciando Shane da solo con i suoi segreti? Perché il pensiero di andare via le spezzava il cuore?

È per i cani, si disse. *Voglio bene a quegli animali, loro hanno bisogno di me e io di loro.*

Forse avrebbe trovato un nuovo impiego come addestratrice per un altro musher dal carattere meno irascibile. Dubitava, però, che Shane avrebbe messo una buona parola per lei dopo la scenata di quella sera, e non poteva dargli torto.

Quell'uomo aveva messo dei paletti e, che fossero ridicoli o meno, lei aveva cercato di oltrepassarli. Alla fine se l'era meritato e, a dire proprio tutta la verità, prima o poi sarebbe successo comunque.

Ecco perché trovava difficile capire cosa voleva dalla vita. Le cose che in un certo momento sembravano appassionarla finivano spesso con l'avere il profumo passeggero di un capriccio, e non il gusto persistente delle scelte consapevoli. Quell'atteggiamento non andava bene, non giovava a nessuno, soprattutto a lei.

Lassù, in mezzo alla natura selvaggia dell'Alaska, per mano di Shane Ramsey, aveva imparato una lezione importante, e adesso era venuto il momento di andare avanti, di andare incontro al futuro... qualunque esso fosse.

Si asciugò le ultime lacrime dalle guance e trascinò la valigia sul letto per infilarci dentro i cocci della sua vita.

Sentì un bussare leggero—talmente leggero da non essere nemmeno sicura di aver udito qualcosa. Il suono si ripeté, questa volta più forte, più sicuro. «Posso entrare?» Da dietro la porta chiusa le arrivò la voce di Shane, e Lauren sentì le lacrime salirle di nuovo agli occhi.

«Entra pure» la voce le tremava al punto che faticava a riconoscerla.

Shanc se ne stava impacciato contro lo stipite, senza oltrepassare la soglia: una gentilezza che lei, invece, non gli aveva usato.

«Beh?» gli chiese vedendo che non si decideva a parlare.

«Mi dispiace.» Sembrava che Shane si rivolgesse alle piastrelle del pavimento anziché a lei. «Ho perso le staffe prima.»

«Non fa niente.» Lauren scrollò le spalle, cercando di sembrare calma, nel caso lui avesse alzato lo sguardo e avesse visto le sue guance chiazzate e gli occhi arrossati. Non riusciva a scusarsi di nuovo perché, a dire la verità, si erano comportati male entrambi. Shane era colpevole tanto quanto lei, in quel momento.

«Sì, forse...» tentennò lui, muovendo un passo incerto, come se avesse paura di entrare.

Entrambi si erano scusati, perché lui era ancora lì? Quel suo tirarla per le lunghe la irritava. Voleva mettersi quella brutta esperienza alle spalle. Era l'unico modo per cominciare a sentirsi meglio.

La voce di Shane tremò: «Io non... non volevo dire quello che ho detto.»

«Però l'hai detto.»

«Non devi andartene.»

«Mi hai licenziata, ricordi?»

«Sì, me lo ricordo.» Shane fece una pausa, come se

stesse ripassando mentalmente le parole da usare. «Lauren...» cominciò, e la ragazza si chiese se non fosse la prima volta che gli sentiva pronunciare il suo nome. Le piacque sentirlo pronunciare dalla sua bocca, e si accorse, in quel momento, che quell'uomo aveva cominciato a essere molto di più che un semplice, scontroso datore di lavoro.

«Lauren» ripeté lui «non avrei dovuto scrivere quel regolamento. Non avrei dovuto farti sentire un'estranea in un posto in cui dovresti sentirti a casa. Non avrei dovuto arrabbiarmi e non avrei dovuto licenziarti.»

«Ma l'hai fatto. Le hai fatte tutte, queste cose. Perché?» La voce di Lauren cominciò a vacillare di nuovo e lei si chiese se lui l'avrebbe presa tra le braccia per confortarla. Ma non successe niente, ovviamente. Di qualunque cosa si trattasse, quei sentimenti li provava solo lei. Dubitava che Shane Ramsey avesse mai amato qualcuno, o qualcosa, anche per un solo giorno, nella sua vita infelice.

Lui si avvicinò ancora e chinò il capo, guardandola da sotto in su, attraverso le ciglia folte. «Non posso dirtelo.»

Lauren si sentì scoraggiata. Erano tornati al punto di partenza. Anche se lei avesse deciso di restare, lui l'avrebbe mai lasciata entrare per davvero? «Perché? Perché non puoi? Perché tenerti tutti quei segreti e aspettarti che io non cerchi delle risposte?»

«Hai ragione» ammise Shane. «Ma cerca di capire... non ce la faccio, Lauren.» Il suo nome, di nuovo, pronunciato come se fosse una supplica, la preghiera di essere capito.

Avrebbe risposto a quella preghiera?

«Non lo so, Shane.» scosse la testa e riprese a riempire la valigia. «Ogni volta che mi sembra di aver fatto dei passi avanti, succede qualcosa che manda tutto all'aria di nuovo. Non voglio più sentirmi un'estranea, una persona con cui tolleri di convivere perché non hai scelta. So che, se dipendesse da te, domani saresti guarito e mi rispediresti a New York in un batter d'occhi.»

Con un gemito, Shane si appoggiò alla parete, come se non riuscisse a reggere il proprio peso nonostante le stampelle: «Cosa pensavi che fosse? È un lavoro, e tu lo svolgi bene... ma è pur sempre solo un lavoro.»

«È tutto quello che sono per te? Sono solo una dipendente?»

«È tutto quello che puoi essere. Cerca di capire. *Non è colpa tua, è colpa mia.*»

«Benissimo, adesso davvero non ci capisco più niente: mi stai lasciando o mi stai licenziando?»

Shane rise, ma la risata parve innaturale. «Nessuna delle due cose. Resta, per favore. I cani hanno bisogno di te. Io ho bisogno di te.»

Lauren incrociò le braccia e si lasciò cadere sul letto. In cuor suo sapeva perfettamente che sarebbe rimasta finché lui ne avesse avuto bisogno, finché lui avesse voluto. «Hai un modo ben bizzarro di dimostrarlo.»

«Lo so... allora, rimani?»

«Sì, ma non deve più succedere, Shane. Qualsiasi donna sana di mente se la darebbe a gambe levate davanti a uno che perde le staffe a quella maniera.»

Shane si drizzò di nuovo e si avvicinò, ma non si sedette sul letto. Le parole suonarono dolci quando le chiese: «Perché non sei scappata?»

Lauren tese le braccia verso l'alto e gli afferrò la mano, stringendola tra le sue: «Perché sei mio amico.»

Lui non ritirò la mano, ma non restituì neppure la stretta. «Com'è successo?»

«Non ne ho idea ma, da buona amica, ti risponderò per le rime ogni volta che ti comporterai come un idiota senza cervello.»

Shane rispose con una rapida stretta prima di

lasciare la sua mano. «È quello che mi aspetto. Adesso potresti disfare i bagagli?»

Lauren richiuse la lampo della valigia e la ripose in un angolo della stanza. «Adesso esci da qui prima che mi arrabbi» scherzò lei. Aveva la sensazione che qualcuno le avesse tolto dalle spalle un peso di una tonnellata.

La mattina successiva, quando Lauren si svegliò, Shane era già in piedi, pieno di energie.

«Buongiorno, dormigliona!» esclamò lui mentre appoggiava un enorme scatolone sul tavolo della cucina. Le stampelle gli traballarono sottobraccio, ma lui rimase saldamente in piedi.

«Dormigliona?» Lauren non poté evitare che la sua bocca si spalancasse in un rumoroso sbadiglio. «È il mio soprannome?»

«Se tu mi chiami musone, potrò ben chiamarti dormigliona, no?» Frugò il contenuto della scatola e si girò verso Lauren con un sorrisetto soddisfatto. «Dai, sbrigati a fare colazione. Abbiamo davanti una giornata piena di impegni.»

Lauren non sapeva esattamente cosa si fosse aspettata all'indomani della loro litigata e dopo le reciproche scuse la notte precedente ma, di certo, non quello. Si avvicinò lentamente al frigorifero, silenziosa nelle pantofole imbottite, e tirò fuori un vasetto di yogurt.

«Ti serviranno vestiti comodi» aggiunse Shane, continuando a rovistare. «E caldi.»

«I miei vestiti sono sempre comodi e caldi.» La ragazza affondò il cucchiaio nello yogurt e si appoggiò al lavandino. «Pensi di dirmi cos'hai in programma?»

«Lo scoprirai molto presto. Adesso preparati e aiutami a caricare il camion.» Shane uscì. Questo significava che Lauren avrebbe dovuto affrettarsi a sbrigare le proprie incombenze mattutine, se avesse voluto accompagnarlo, ovunque avesse intenzione di andare. Oh, sì, era proprio curiosa di vedere quale sorpresa la aspettava!

Fino a quel momento, Lauren aveva visto solo l'automobile di Shane, per cui era rimasta sorpresa quando l'aveva sentito parlare di un camion. E fu ancor più sorpresa nel vedere che quel camion era equipaggiato con gabbie da viaggio integrate per i cani: erano disposte su due file in altezza per ciascun lato, con sei scomparti per fila che si affacciavano verso l'esterno. Ogni scomparto era provvisto di uno sportello basculante perché i cani potessero metter fuori la testa. Lauren aiutò Shane a issare la slitta sul tetto del camion, poi lo osservò mentre sollevava senza alcuno sforzo i cani per farli entrare nei loro cubicoli, impresa ancor più ammirevole, dato il suo stato di salute.

«Per oggi ci bastano dieci cani. Porteremo gli altri al prossimo giro.»

«Possiamo portare Briar Rose con noi?» chiese Lauren mentre Shane infilava Fred in uno dei trasportini. «È la mia preferita.»

L'uomo rise: «Va bene, se proprio insisti. Non ci sarà di grande utilità, ma abbiamo Alice come riserva.»

«Perché non ci sarà utile?» chiese Lauren. Ma Shane non rispose. Girò intorno al camion e le aprì la portiera.

«Salta su, tocca a te guidare.»

In tutta la sua vita Lauren non aveva mai guidato un veicolo così imponente, ma era troppo emozionata per la sorpresa per mettersi a discutere.

«Spero che tu sappia guidare col cambio manuale» osservò Shane mentre allacciavano le cinture.

«E se non sono capace?»

Shane rise e scosse la testa: «Allora dovrai imparare in qualche modo. Comunque, non c'è tanta gente in giro a quest'ora.»

«È il tuo giorno fortunato, perché so come si fa. Non voglio la responsabilità di far fuori dieci dei tuoi cani migliori.»

«O di far fuori me» aggiunse Shane.

Lauren scrollò le spalle e alzò gli occhi al cielo. Era una bella sensazione. Era così che avrebbe dovuto essere il loro rapporto. Sempre.

«Va bene, pericolo pubblico. Vai piano.» Shane additò un punto fuori dal finestrino. «Prendi a destra, di là, e dirigiti verso Bay Road.»

«Mi dici dove stiamo andando?»

«Te l'ho detto: lo scoprirai molto presto. Ci vorrà un'oretta.»

«Quindi non parliamo finché non siamo arrivati?» Faceva del suo meglio per concentrarsi sulla guida, ma la presenza di Shane al limitare del suo campo visivo la distrasse più di una volta.

«Certo che possiamo parlare.» Quella mattina sembrava rilassato. Magari lo era abbastanza per confidarsi. Lauren doveva provarci.

Così si girò verso di lui e, un po' per scherzo e un po' no, gli fece l'occhiolino: «Va bene, allora parlami del tuo misterioso segreto, ti prego.»

«Ehi, ehi. Direi che non è il caso. Però, adesso che mi ci fai pensare, neanche tu mi hai raccontato la storia della tua vita.»

Lauren si mordicchiò il labbro superiore, un'abitudine che aveva fin da piccola, prima di essere costretta a portare il retainer per raddrizzare i denti. «Non te l'ho raccontata perché non c'è molto da raccontare.»

«Non mi stupisce» la canzonò lui.

«Ehi! Non si era detto che essere amici vuol dire essere carini l'uno con l'altro?»

«Non sono mica scortese. Non ti ho detto niente di cattivo per tutto il giorno.»

Lauren alzò di nuovo gli occhi al cielo mentre imboccavano l'autostrada: «Fantastico, considerando che sono le sette del mattino.»

«Mi racconti la storia della tua vita o no?»

«Tutta? Vuoi conoscerla tutta per filo e per segno?»

«Va bene, magari non proprio tutta tutta, ma potresti cominciare col dirmi perché sei qui.»

«Dunque...» Lauren inspirò profondamente ed espirò lentamente per creare suspense. Gli occhi di Shane adesso erano incollati ai suoi. Sembrava che fosse curioso di saperne di più su di lei, tanto quanto lei desiderava conoscere meglio lui. Magari si sarebbe potuta divertire un po' e stuzzicarlo come faceva sempre lui nei suoi confronti. «Adesso sono qui perché mi hai detto tu di accompagnarti in questo posto misterioso. A proposito: dove stiamo andando?»

«No, non vale, *Lauren.*» Al suono del proprio nome sulle sue labbra, un brivido le percorse di nuovo la schiena. «Dico sul serio: perché hai accettato di venire a lavorare da me?»

«Sto cercando di scoprire qualcosa su mio padre, e questo mi sembrava un buon posto da cui cominciare» confessò Lauren.

«Tuo padre era Edward Dalton? Pensavo che il tuo cognome fosse solo una coincidenza. Non mi ero accorto che avessi le corse nel sangue.»

«Conoscevi mio padre?» Avrebbe potuto chiederglielo già da un pezzo. Forse lui aveva anche la chiave che custodiva il suo segreto, non solo quella per accedere al proprio.

«Ho sentito parlare di tuo padre» chiarì Shane, facendo franare rovinosamente a terra quella speranza che si era librata tanto in alto e ora ridotta a una triste, misera stella cadente. «Era un grande musher.»

Lauren sospirò e strinse più forte il volante: «È quello che sento dire da tutti. Ma io non ne ho saputo nulla fino al giorno della sua morte, all'inizio di quest'anno.»

«All'inizio di quest'anno? Siamo solo a febbraio.»

«Lo so.» Lauren distolse per un attimo lo sguardo dalla strada e fissò Shane.

«Questo spiega parecchie cose.»

«Tipo?» Per quale motivo sosteneva di aver capito? Perché lei era un libro aperto, oppure perché desiderava scoprire di più su di lei, al pari di quanto lei era interessata a capire lui?

Nel frattempo, Shane armeggiava con la cinghia della cintura di sicurezza, come se parlare del passato di Lauren lo innervosisse: «Tipo che sei saltata fuori dal nulla, senza nessuna esperienza. Che hai insistito per restare, mentre io cercavo di mandarti via. O che in certi momenti sembri triste.»

Lauren sentì lacrime calde bruciarle gli occhi, ma non cedette al pianto. Ne aveva versate tante per suo padre, ultimamente, ma sapeva che lui non avrebbe voluto vederla triste nel ricordarlo. Si sforzò di sorridere e disse: «Mi manca. Hai mai perso una persona che amavi?»

Shane si rabbuiò: «Io non amo nessuno. Ricordi? Siamo arrivati.»

Lauren lo studiò un momento, e quando fu chiaro che non avrebbe aggiunto altro, rivolse l'attenzione a esaminare quel che le si presentava davanti: vari camion simili al loro erano parcheggiati in campo aperto; uomini scaricavano slitte e altre attrezzature dagli automezzi; i cani guaivano mentre venivano attaccati alle slitte. L'intera scena era carica di eccitazione, e Lauren vibrava con essa mentre guardava fuori e sapeva che, di lì a poco, ne avrebbe fatto parte anche lei.

Shane l'aveva portata a una corsa. La sua prima corsa. Era l'occasione per dimostrare quanto valeva.

«Dicevi davvero» sussurrò Lauren mentre scendevano dal camion e si avviavano sul retro per far scendere i cani. «Non l'hai detto solo per far contento il dottor Rockwell. Mi hai portata davvero a una gara.»

«Quando mai faccio qualcosa nel deliberato intento di far contento qualcuno? E poi questa non è una gara. È l'allenamento che fanno normalmente i musher. Ben arrivata in serie A.» Lauren sentì gli occhi dell'uomo vagare su di lei nell'intento di comprendere la sua reazione. «Hai capito?»

«Certo» esalò Lauren. «Grazie mille!» Prima di rendersi conto di quello che stava facendo, gli gettò le braccia al collo in un abbraccio entusiasta.

Shane guardò in basso, verso di lei, mentre sul suo

viso si mescolavano sorpresa e piacere. In quel momento, Lauren capì che Shane teneva a lei. Non c'erano dubbi. Il suo aspetto da duro era solo una maschera. Il vero Shane era l'uomo che Lauren aveva avuto modo di intravedere in qualche sporadica occasione, e che faceva capolino tra la ruvidezza delle sue difese nella quotidianità.

Lui l'allontanò con una risata forzata: «Basta così.»

Lauren era sul punto di scusarsi quando si rese conto che non aveva proprio niente per cui chiedere scusa. Anzi, per tutta risposta, gli diede un'altra rapida stretta e aggiunse: «Grazie. Non ti deluderò.»

Il musher arrossì sotto la barba recente, e Lauren non seppe dire se quel rossore dipendesse dal freddo o da qualcos'altro. Anche le guance di lei erano rosse?

«Beh» disse lui tirando un calcio a un blocco di ghiaccio che stava sulla strada, «andiamo ad attaccare i cani. Se vai troppo piano, rischi di rimanere là fuori tutto il giorno. E anche tutta la notte.»

Shane legò la slitta a un tubo di metallo piegato che spuntava dal terreno, tirò fuori l'ancora e la fissò a terra.

Lauren rise: «Hai paura che la slitta scappi via?»

Shane si limitò a sorridere con un leggero bagliore negli occhi.

Insieme sistemarono i dieci cani in formazione.

Fred e Wendy erano i più grossi, per cui vennero legati più vicini alla slitta.

«I cani *wheel* sono quelli che tirano più forte» spiegò Shane mentre anche gli altri cani venivano sistemati al loro posto. «Questi sono i cani *team*, questi sono i cani *swing* e, infine i cani *leader*, le tue guide...» disse, indicando Lewis e Jack in testa al gruppo. «Ti porteranno dove vuoi, se tu gli dici da che parte andare: *gee* per curvare a destra, *haw* per andare a sinistra. Capito?»

«Sì.»

«Pronta?»

Lauren fece un respiro profondo e quando espirò, nell'aria si formò una nube di piccoli cristali. «Come sempre.» Spostò lo sguardo dal tracciato a Shane e lui le diede il proprio assenso col pollice alzato.

Insieme guidarono il team verso la linea di partenza. Alcuni degli altri musher gironzolavano intorno alle loro slitte, ma il tutto non bastava a offrire lo spettacolo di una vera gara.

Lauren guardò Shane.

«Questa è una corsa di allenamento e serve a metterti in moto, ma più che altro ci serve per osservare i nostri concorrenti. Assicurati di svoltare a sinistra a ogni curva, in modo da farli correre un bel po', questi cani. Dovrebbero essere circa trentacinque chilometri.

In media, per questo percorso con dieci cani impiego due ore e tre quarti o tre ore. Voglio che cerchi di fare lo stesso tempo anche tu. I cani ce la possono fare. La domanda è se ce la fai *tu*.» Tirò via l'ancora e la depose in fondo al cesto della slitta.

Perché mai continuava a chiederle se ce la poteva fare? Non gliel'aveva già dimostrato? Lauren gli fece un cenno di assenso e lui le diede un colpetto sulla schiena.

«Ottimo. Adesso metti i piedi sui poggiapiedi e tieniti forte.»

I cani uggiolavano e si muovevano impazienti nelle imbragature, in attesa di un comando da parte di Shane.

«A proposito» disse lui «sarò alla taverna, a fare due chiacchiere con dei vecchi amici. Quando hai finito, fatti aiutare da qualcuno degli uomini a caricare il camion e vai a casa. Ci vediamo più tardi, va bene?»

Le diede un altro colpetto alla schiena, slegò la slitta dal palo di partenza e: «*Hike!*» gridò da dietro.

Non appena sentirono quella parola, i cani, guidati da Jack e Lewis, iniziarono a tirare, e la slitta partì lungo il tracciato, accelerando rapidamente mentre si avvicinavano alla prima curva.

Il vento le sferzava le guance, scompigliandole le piccole ciocche di capelli sfuggite al berretto di lana.

Era quanto di più simile a volare si potesse immaginare. Lauren lo sapeva. E le piaceva tantissimo.

Quando faceva esercitare i cani alla baita, li portava fuori uno alla volta, quindi non era preparata alla velocità che raggiungevano in gruppo, alla quale il mondo intorno a lei fuggiva vorticoso.

Preparata o meno, però, il modo migliore per imparare a fare una cosa... è farla. Così afferrò saldamente il manubrio, spostando il peso a sinistra o a destra a seconda del bisogno, di tanto in tanto toccando il pedale del freno per rallentare la corsa in prossimità di una curva e mantenere la direzione. Si era allenata talmente tanto che il suo corpo sembrava sapere cosa fare ancor prima che la testa glielo dicesse.

Sempre più veloce, sempre più libera.

Intravide la sagoma di un altro musher un po' più avanti sul percorso. Stava guadagnando terreno su di lui. Sarebbe riuscita a fare il tempo di Shane? O anche meglio?

Ci avrebbe provato.

Gridò: «*Hike, hike, hike!*» cercando di sovrastare il rumore del vento, per incitare i cani a tirare più forte, poi si abbassò per minimizzare la resistenza all'aria che offriva stando eretta. Era più piccola degli altri conducenti, per cui i cani dovevano faticare meno a trainare e potevano impiegare la forza per migliorare la velocità.

«*Mush, mush!*» gridò ancora per incitarli ulteriormente. Non sapeva se fosse il comando giusto, ma le sue parole parvero incitare comunque gli animali.

Raggiunsero un'altra curva e Lauren si piegò verso l'interno, come aveva visto fare ai motociclisti, per facilitare l'entrata in una curva secca senza far perdere troppa velocità alla slitta.

Boom!

Lauren finì su un mucchio di neve fresco, una guancia e un lato del corpo doloranti per l'impatto, ma mai sofferenti quanto il suo ego. Guardò i cani, che continuavano a trainare la slitta sulla pista, senza nessun bisogno di lei per continuare la corsa.

Le faceva male tutto per la botta, ma non aveva alcuna importanza: doveva recuperare la slitta!

Corse più in fretta che poté, ma gli strati di vestiti caldi nei quali si era infagottata le impedivano i movimenti, senza contare le energie parecchie che aveva già consumato.

I cani proseguirono la loro corsa e l'ultima traccia della slitta scomparve dietro la curva.

Shane l'avrebbe uccisa.

Ventitré

Lauren tornò sui propri passi e si incamminò verso la linea di partenza. Là doveva per forza esserci qualcuno che avrebbe potuto aiutarla. Pensò anche di chiamare Shane, ma quell'uomo aveva appena cominciato a fidarsi di lei, e la ragazza non voleva rovinare tutto proprio adesso.

Mentre si trascinava per coprire la lunga distanza che la separava dalla linea di partenza, cominciò a imbrunire. Lassù le giornate erano incredibilmente brevi: il sole non faceva in tempo a sorgere che già tramontava. Sarebbe rimasta intrappolata lì, sola e dispersa. E i cani?

Le dita dei piedi cominciavano a intorpidirsi, a dispetto dei nuovi, costosi stivali da neve che aveva comprato giù in paese, da Lowood. Non capiva come facessero i cani. A loro, addirittura, piaceva.

Stava per arrendersi e chiamare Shane, quando un tiro a quattro si avvicinò a tutta velocità, rallentando e fermandosi a pochi metri da lei. «Salta su» le disse l'uomo, e lei fu ben felice di dargli retta. Lui bofonchiò qualcosa da sopra la spalla, ma Lauren aveva freddo ed era talmente stanca che non riuscì a capire una parola e preferì lasciarsi avvolgere dal piacevole calore emanato dal corpo del suo soccorritore.

Poco più tardi erano di ritorno alla linea di partenza e Lauren notò che il suo team era già legato, fuori dal camion. Altre squadre di cani aspettavano, legate, mentre i rispettivi musher facevano il punto sulla corsa appena completata.

«Ggrazie» balbettò Lauren, che non voleva lasciare il calduccio accanto a quel gentile sconosciuto.

«Non fa niente» rispose l'uomo. «Succede anche ai migliori. Magari non proprio ai *migliori tra noi*, ma hai capito cosa voglio dire.»

Lauren sorrise e accettò il thermos di metallo offertole da un altro musher. Il caffè caldo la rinvigorì immediatamente e si sentì rinascere.

Mentre beveva, gli altri uomini la tenevano d'occhio, continuando a chiacchierare tra loro e lasciandole il tempo per riprendersi. Quando ebbe finito l'intero thermos, li ringraziò di nuovo e chiese loro quello che la preoccupava maggiormente: «Non lo direte a Shane, vero?»

Gli uomini risero. A Lauren sembrò che uno di loro, più piccolo degli altri, potesse essere una donna, ma era difficile dirlo, infagottati com'erano tutti quanti e adesso che, per giunta, il sole era quasi tramontato.

«Il tuo segreto è al sicuro, però la prossima volta tieniti stretta per bene a quel manubrio. Capito? Ci sono certi dossi che non te li aspetti, e sono quelli che ti buttano fuori strada, se non sei pronta.»

«Come avete fatto a capire cosa mi è successo?»

«Ai principianti succede più spesso di quanto immagini. Soprattutto ai *cheechako*.»

«Cos—?» La donna non le lasciò finire la domanda, interrompendola con una risata calorosa.

«Quelli che non hanno mai messo piede in Alaska in vita loro. Come te, scommetto. A ogni modo, anche i musher più esperti vengono disarcionati, ogni tanto. Buon per te, che sei venuta su questa pista: quando abbiamo visto i cani tornare da soli, abbiamo pensato che avessi bisogno di un passaggio.»

«Così hanno mandato me a cercarti con i quattro cani *wheel* prima che facesse buio» aggiunse il suo soccorritore.

«Mentre noi altri abbiamo radunato i tuoi cani, li

abbiamo staccati dal tiro e dato loro da mangiare. Guardali, come sono belli acciambellati, pronti per tronare a casa e farsi una lunga dormita.»

Lauren diede un'occhiata ai cani e fu sollevata nel vedere che sembravano davvero tranquilli. Ma chi aveva pensato di prendere in giro con quella follia di battere il tempo di Shane? Non era neanche arrivata in fondo al tracciato, figuriamoci fare un buon tempo. Alla faccia dell'avere le corse nel sangue... Si chiese se suo padre, o Shane, fossero mai stati sbalzati dalla slitta. Nonostante quello che gli altri le avevano detto, le sembrava impossibile che qualcuno, a parte lei, potesse commettere un errore così stupido.

«Sei mai caduta?» sussurrò alla donna, sentendosi più a suo agio con la musher che con il resto degli uomini del gruppo. «Più di una volta.» La donna le fece l'occhiolino e Lauren sorrise. «E ti dico anche un'altra cosa, se prometti di non raccontare a nessuno che te l'ho detto io.»

Lauren assentì, curiosa di sentire la grande notizia.

«Shane, il tuo capo» sussurrò, con gli occhi che le luccicavano come la neve immacolata ai bordi del campo, «è caduto anche lui.»

«L'incidente con la motoslitta, intendi?»

«Non solo quello. Ha commesso tutti gli errori

che si possono commettere. Gli è andata bene a non essersi mai fatto niente prima. Però, sai una cosa?»

Lauren fece un profondo respiro, per fare posto a un altro segreto che la donna si apprestava a raccontarle. «Cosa?»

«È un bene che tu sia caduta. Se non accetti di correre dei rischi, non diventerai mai brava.»

Intanto che il sole scompariva del tutto all'orizzonte, Lauren non poté fare a meno di pensare che, forse, lo stesso consiglio valeva anche nella vita, oltre che nelle corse.

Ventiquattro

Erano partiti presto, quella mattina, e Lauren arrivò a casa che era passata l'ora di cena. Di Shane, però, non c'era ancora traccia. Così mangiò un boccone al volo da sola e se ne andò a dormire presto, esausta per la giornata frenetica.

Prima di addormentarsi, si domandò se fosse il caso di raccontare a Shane quel che le era successo giù alla pista. Se lei per prima non riusciva a essere onesta, non poteva certo aspettarsi che lui si aprisse a grandi confidenze. Decise che gliel'avrebbe detto e, se le avesse fatto delle storie, gli avrebbe ricordato che anche lui non era stato immune dal commettere errori.

Una volta presa quella decisione, spossata, sprofondò in un sonno profondo.

Quella notte sognò di essere in campeggio, di guardare le stelle e nuotare, cantare intorno al falò e riempirsi la bocca di *s'mores*[1] appiccicosi. Shane era con lei, e c'era suo padre, e anche Brair Rose li aveva accompagnati e correva entusiasta, descrivendo ampi cerchi intorno a loro e balzando incontro alle fiamme senza scottarsi.

Intonarono l'ultima *hit* di Lolly Winston e Shane la sorprese con la sua voce dolce da baritono. Non l'aveva mai sentito cantare prima di allora, ma non aveva dubbi che quella fosse davvero la sua voce. Ed era bellissima.

Lui le si avvicinò e sedette al suo fianco, quasi si toccavano; la voce di lui scese fino a un sussurro che mormorava le parole della canzone, il suo volto a pochi centimetri da quello di lei. *Sempre più vicino.*

Lauren poteva sentire le sillabe morbide accarezzarle la guancia. Lui stava per baciarla, e tutto sarebbe cambiato per entrambi: lui sarebbe guarito, lei sarebbe guarita.

Era il loro primo passo insieme, e poi sarebbero vissuti per sempre felici e contenti, per sempre mano nella mano.

Lauren si sporse in avanti e chiuse gli occhi, aspettando che il destino si compisse... ma non accadde niente di tutto ciò: Briar Rose abbaiò, uscendo dalle fiamme e lanciandosi in mezzo a loro.

La scena mutò di colpo e, come un foglio strappato, Lauren rimase a guardare, impotente, suo padre, Shane e Briar Rose allontanarsi in direzione opposta alla sua.

L'odore pungente del bosco, misto a quello di fumo e di terra, rimase sospeso nell'aria, riempiendole le narici fino a che non iniziò a fare fatica a respirare. Briar Rose continuava ad abbaiare, a gemere, a ululare, emettendo suoni striduli. Ma non era più solo Briar. Tutti i cani si erano uniti a lei e, anche se Lauren nel sogno non riusciva a vederli, il loro mugolio raggiunse un picco febbrile, un'angoscia che la strappò al sonno.

Si alzò a sedere con un sussulto. Stava sognando oppure...?

I cani, là fuori, non accennavano a smettere di lanciare ululati disperati. Nell'aria c'era ancora l'odore acre del fumo ma, ormai, il campeggio era scomparso. Lauren sedeva nella sua camera, sola, confusa e spaventata.

Poi, finalmente, si riebbe e capì cosa stava succedendo.

«Al fuoco!» gridò, affannandosi a infilare gli stivali e la giacca e correndo verso il cortile.

Doveva fare qualcosa. Era l'unica in grado muoversi rapidamente. Doveva salvare Shane e i cani, prima che fosse troppo tardi.

I cani strattonavano le catene, gli occhi fissi sul punto da cui proveniva il fuoco: il capanno in giardino era già in parte avvolto dalle fiamme che lo lambivano e si stagliavano alte e luminose nella notte. Lauren corse verso il casotto di legno, afferrò un gancio da neve abbandonato vicino alle cucce e tornò indietro più veloce che poté.

Shane le urlò qualcosa alle spalle, ma Lauren non aveva tempo da perdere a cercare di capire. Le sue energie erano focalizzate sul muovere i piedi il più velocemente possibile nonostante il freddo. Fino a che non sentì più freddo, per niente. Anzi. Il calore delle fiamme le imperlò la fronte di sudore.

Crash!

Sbatté il pesante gancio di metallo contro tutte le finestre, finché non raggiunse la maniglia all'interno attraverso uno dei vetri rotti e la girò. Per fortuna, il catenaccio serviva solo a tenere fuori i curiosi, e Lauren riuscì ad aprirlo con facilità.

Una volta guadagnato l'ingresso a quel luogo proibito, i suoi occhi corsero rapidi in direzione della fonte del fuoco: alcune tende erano bruciate completamente, la carta da parati rosa con fantasie floreali era annerita dalla fuliggine e certi contenitori di plastica si erano sciolti e non erano riusciti a proteggere il contenuto che era stato loro affidato.

Che razza di posto era mai quello?

Ma non aveva tempo per farsi domande. Doveva spegnere le fiamme in qualche modo. Il tubo dell'acqua sarebbe stato abbastanza lungo? C'era solo un modo per scoprirlo: corse di nuovo fuori e, nel mentre, passò accanto a Shane, che zoppicava verso il capanno, portando goffamente con sé un estintore.

Insieme, ciascuno con il proprio mezzo antincendio, riuscirono a domare le fiamme e a salvare quel poco che restava del tesoro all'interno della baracca.

Lauren si voltò verso l'uomo senza sapere cosa dire. Aveva sbirciato nel capanno abbastanza da riuscire a capire, finalmente. Shane aveva perso una persona cara, una donna, e quello era il santuario in cui ne custodiva il ricordo.

Non c'era da sorprendersi che non volesse lasciar entrare nessuno. Era stato ferito nel peggior modo possibile e ora quel poco che gli era rimasto era svanito nella notte. Lauren avrebbe voluto piangere per lui. Ma no... lui aveva bisogno che fosse forte, doveva essergli di conforto in quel momento così difficile.

Di certo sentiva di aver perso la persona che amava una seconda volta e niente avrebbe potuto riportarla indietro.

Lauren lo abbracciò, ma lui non ricambiò l'abbraccio. Il suo corpo rimase rigido, nemmeno un fremito che gli facesse tremare le mani e le braccia, come gli succedeva quando era sotto stress.

Tutto intorno a loro si fece immobile, persino i cani si erano quietati.

«Cos'hai fatto?» le chiese, infine, con voce piatta. *«Cos'hai fatto?»* continuò a ripetere, con un tono inquietante nel quale non vi era traccia di alcuna emozione.

No, ancora non si fidava di lei.

Lauren si ritrasse, spaventata dal fatto che lui la incolpasse dell'incendio. «No, mi sono svegliata e stava... Non sono stata io.» Le riusciva difficile difendersi. Era una cosa orribile, ma non era stata lei. Chi mai avrebbe potuto compiere un gesto simile, ancor di più nei confronti di un amico?

«Non saresti dovuta entrare» disse Shane con lo sguardo fisso davanti a sé, verso quello che, fino a poco prima, era stato il suo rifugio segreto.

«Shane, dici sul serio? *Era in fiamme*. Se non avessi fatto niente, il fuoco avrebbe potuto raggiungere la casa e il recinto dei cani. Davvero pensi che il tuo segreto sia più importante delle nostre vite e delle loro?»

Shane scosse il capo a lungo, più di quanto fosse

necessario, senza parlare, guardando fisso davanti a sé senza vedere niente. Infine mormorò: «Hai appiccato tu il fuoco. Non c'era nessun altro. Nessun'altro avrebbe potuto farlo. E tu eri sempre qui intorno a curiosare. Forse eri arrabbiata con me. Forse era l'unico modo per entrare. A ogni modo, l'hai fatto. *Tu.*»

Per Lauren fu come ricevere un pugno in faccia e, sinceramente, avrebbe preferito che Shane l'avesse colpita davvero. Le avrebbe fatto meno male e avrebbe reso più facile quello che sarebbe venuto dopo.

«Ma ti ascolti? Sei fuori di testa!» gridò. «Non farei mai una cosa del genere, Shane. Siamo amici, ricordatelo!»

Shane rise con amarezza: «Bell'amica che sei. Avrei dovuto rispedirti indietro quando ne ho avuto l'occasione, e invece no. Ho pensato che avrebbe funzionato. Ho pensato di darti una possibilità. Adesso, l'unica cosa che mi era rimasta di lei è svanita. *Lei* è svanita. *Tu* me l'hai portata via, Lauren!»

Lauren fece un passo indietro; sotto il peso di quell'accusa faceva fatica a respirare. «No, no, non è vero. Non so neanche chi sia lei. Non ti farei mai del male, Shane. Mai.» Che stupida era stata a pensare che lui potesse ricambiare i suoi sentimenti. Non avrebbe mai potuto amarla, innamorato com'era ancora, senza speranza, di un fantasma. Adesso era tutto chiaro e se si fosse svegliata prima, e avesse messo insieme gli indizi, l'avrebbe capito da un pezzo.

«Smettila di parlare come se mi capissi.» La voce di Shane si fece distante, mentre lui si infilava nel capanno semidistrutto ed esaminava il poco che era rimasto. «Non potrai mai capire» disse quando lei lo raggiunse.

«Forse capirei, se mi raccontassi di te. Voglio aiutarti.» Gli appoggiò la mano sul braccio per calmarlo, ma lui si divincolò dalla sua presa.

«Hai uno strano modo di dimostrarlo» la schernì l'uomo.

«Anche io ho perso una persona cara. Mio padre—»

«Non è la stessa cosa» rispose bruscamente Shane. «Non hai idea di quello che hai fatto.»

«E allora dimmelo» insistette dolcemente Lauren, mentre osservava con più attenzione il contenuto del capanno: la parte anteriore era coperta di fuliggine e cenere, ma sul retro c'erano alcuni contenitori ancora intatti. Sembravano contenere rotoli di tessuto abiti, forse rosa, per la maggior parte. Per vedere meglio e indovinare cos'altro ci fosse, avrebbe dovuto chinarsi, ma sapeva che qualsiasi manifestazione di curiosità avrebbe infastidito Shane.

Così rimase al suo fianco, aspettando che lui ritirasse le accuse, che le desse delle spiegazioni. Qualcosa. Qualunque cosa.

La voce dell'uomo adesso era roca, come se stesse trattenendo un torrente di lacrime. «Vuoi che te lo dica? Sei sicura?»

Lei lo guardò, ma lui tenne lo sguardo fisso e vuoto davanti a sé. Lauren avrebbe voluto abbracciarlo, portargli via il dolore, ma solo se lui glielo'avesse permesso. Doveva lasciare che lei lo aiutasse. Avrebbero potuto superare insieme le loro perdite. «Sì, sono qui per te. Ci tengo a te, Shane. Voglio aiutarti.»

«Nessuno ha chiesto il tuo aiuto.» Passò di nuovo in rassegna il capanno con lo sguardo e, quando i suoi occhi si posarono su di lei, fece una smorfia e si incamminò per uscire in cortile.

Lauren lo seguiva restando un passo indietro. Non potevano fare finta che non fosse successo niente. Lui non poteva continuare a mascherare il proprio dolore e lasciare che gli indurisse il cuore.

«Ti avevo detto di stare lontana» borbottò lui. «Scherza col fuoco e ti scotti, dice il proverbio. E tu non ti sei limitata a scottarti. Hai voluto scottare anche me. Hai rovinato tutto.» Soffocò un singhiozzo e si lasciò cadere in ginocchio nella neve.

L'impatto col terreno gli strappò un grido di dolore.

«È davvero quello che vuoi?» gli chiese la ragazza, mentre recuperava le stampelle e tentava di aiutarlo a rialzarsi.

Shane rifiutò testardamente il suo aiuto e a Lauren sembrò che, per l'ennesima volta, stesse rifiutando lei, come se non avessero mai condiviso alcun momento felice.

«Sì, è quello che voglio.»

«Allora me ne vado. Ma prima lascia che ti accompagni in casa e mi assicuri che i cani stiano bene.»

«Vai via. E non tornare mai più.»

Lauren non avrebbe saputo dire se fosse una domanda o un ordine. Sapeva solo quanto le faceva male.

Adesso era lei a piangere nell'aria fredda della notte. «Va bene, come vuoi.» Voltò le spalle a Shane Ramsey e si incamminò verso l'ignoto.

Lauren si chiuse in camera sua mentre cercava di capire cosa fare. Aveva già venduto la casa di suo padre, disdetto l'affitto dell'appartamento, si era licenziata dalla società di gestione dei dati e si era lasciata alle spalle tutto quello che aveva a New York per cominciare una nuova vita in Alaska. Ben fatto, complimenti.

Adesso, lavoro e casa le erano stati portati via di nuovo e, oltre alla piccola eredità lasciatale dal padre, non possedeva niente.

Detestava disturbare gli amici nel mezzo della notte, ma era improbabile che riuscisse a chiamare un taxi a quell'ora, e aveva bisogno di andarsene prima che Shane riuscisse a ferirla più di quanto non avesse già fatto.

Dopo quel litigio, a Lauren rimaneva solo un'amica in tutto il paese: Scarlett.

Da quando si erano conosciute in biblioteca, si erano sentite per messaggio ed erano uscite a cena un paio di volte, ma la loro non era ancora un'amicizia solida. Lauren sperava che la ragazza le avrebbe perdonato quella richiesta di aiuto notturna perché, davvero, non aveva altra scelta.

«Certo che vengo a prenderti!» la rassicurò la bibliotecaria, lasciandole appena il tempo di formulare la propria richiesta d'aiuto. «Dammi l'indirizzo e arrivo di corsa.»

Quando Scarlett arrivò, Lauren sgusciò fuori dalla sua camera, pregando di non imbattersi in Shane mentre guadagnava l'uscita. Ma lui se n'era già andato, aveva preso la macchina ed era scomparso chissà dove.

«Cos'è successo?» chiese Scarlett, guardando il capanno bruciato a occhi sgranati.

«Un incendio» rispose Lauren, strofinandosi le mani per scaldarle.

«Sì, ma come?» Scarlett aveva gli occhi spalancati, come se questo le consentisse di vedere meglio e trovare chissà quali risposte.

«Non lo so, ma lui pensa che sia stata io.»

«*Tu?* Ma è matto!»

Lauren sentì le lacrime farsi strada; Scarlett doveva

averlo notato, perché strinse l'amica in un abbraccio affettuoso. «Non è colpa tua» le sussurrò tra i capelli. «Dopo aver perso moglie e figlia, Shane Ramsey è diventato un uomo orribile. Lo dicono tutti. Certo, tutti lo sopportano perché è bravissimo in quello che fa ma, da allora, a nessuno fa più piacere averci a che fare. Tratta—»

«Aspetta un momento.» Lauren si scostò un poco per guardare Scarlett, il cui viso era chiazzato di rosso per il freddo. «Cos'hai detto?»

«A nessuno fa piacere avere a che fare con Shane» rispose pragmaticamente Scarlett scrollando le spalle.

«No, su sua moglie e sua ffiglia» Lauren non sapeva se fosse il freddo a farla balbettare o qualcos'altro, qualcosa che aveva a che fare con i sentimenti che provava per Shane.

Scarlett agitò la mano con fare distaccato: «Oh, pensavo che lo sapessi. Hai davvero abitato con quel tizio per più di un mese senza scoprire niente di lui?»

«Credimi, ci ho provato, ma è sempre così ermetico.»

«Beh, non conosco i dettagli, ma so che si è trattato di un brutto divorzio. Da quel momento Shane ha il dente avvelenato e si è inaridito, è diventato meschino.»

«E la figlia?» si avventurò a chiedere Lauren, ancora incapace di credere a quella scoperta.

«Non ne sono certa. La gente dice che lui è stato giudicato non idoneo e ha perso la custodia.»

«Povero Shane» disse Lauren quando il ricordo improvviso del suo viso triste le balenò davanti. Se solo gliene avesse parlato...

Ma Scarlett sembrava avere un'opinione diversa. «È una brutta bega, ma questo non gli dà il diritto di prendersela col resto del mondo. Anche lui ha fatto i suoi sbagli e adesso ne paga le conseguenze. Quello che è successo non è colpa tua.»

«Lo so, ma—»

«Niente ma. Buttarti fuori di casa a notte fonda è inaccettabile. Ho sempre pensato che le chiacchiere su di lui fossero esagerate. Come fa uno così bello fuori a essere così brutto dentro?»

Lauren scosse la testa senza sapere cosa dire. Quando le sarebbe piaciuto che Shane le avesse raccontato quelle cose lui stesso. Lo avrebbe rassicurato, gli avrebbe detto che era una bella persona, che a volte la vita gioca brutti scherzi, ma questo non vuol dire essere fuori gioco.

«A ogni modo» proseguì Scarlett «andiamocene di qui. Lasciati questa faccenda alle spalle. Puoi restare da me quanto vuoi.»

Lauren espirò a piccoli sbuffi, rifiutandosi di piangere e cercando di non pensare a quello che avrebbe potuto essere, se le cose fossero andate diversamente.

Si girò verso l'amica: «Grazie di cuore.»

«È a questo che servono gli amici, no?» Scarlett le mise un braccio intorno alle spalle mentre si avviavano verso l'automobile, parcheggiata col motore al minimo nel vialetto.

Lauren si voltò a guardare la baita un'ultima volta.

Quella semplice costruzione di legno, per un breve momento, aveva ospitato i suoi sogni, le sue speranze, perfino un germoglio d'amore. Aveva scioccamente creduto che quella scena bucolica avrebbe fatto da sfondo alla sua vita per sempre, ma adesso capiva che il suo affetto per Shane era stato un sentimento a senso unico.

Semplicemente, lei si era innamorata di Shane perché non c'era nessun altro di cui innamorarsi in quel posto isolato dal resto del mondo. No, i suoi sentimenti non erano stati reali, e quelli di Shane erano esistiti solo nella sua stupida immaginazione infantile. Era un bene che se ne andasse via. Era giusto così.

Entrò silenziosamente in macchina e si rifiutò di guardare indietro, mentre Scarlett faceva retromarcia e la portava via, lontano, molto lontano da Shane e, forse, anche dai sentimenti che provava per lui.

Ventisette

Quando Lauren si svegliò la mattina seguente, Scarlett era già uscita per andare al lavoro. Lo capì leggendo il post-it giallo canarino che l'amica le aveva lasciato attaccato alla lavagnetta di sughero di fianco al frigorifero.

Ciao, coinquilina!
Lavoro. A stasera.
Baci

Scar

. . .

Guardò la sveglia del microonde. Quasi l'una. Voleva dire che, con quattro ore di fuso, a New York i suoi amici si stavano recando al lavoro. Avrebbe dovuto chiamare Joanna Brockelhurst e pregarla di ridarle il suo vecchio impiego all'azienda di gestione dei dati? O sarebbe stato meglio puntare il dito su una mappa, a occhi chiusi, e andare da qualche altra parte per cominciare una nuova vita... per la seconda volta?

Dalla vendita della casa paterna aveva ottenuto abbastanza denaro per ricominciare da capo, ma era davvero quello che voleva?

Cos'avrebbe fatto suo padre in quella situazione? A pensarci bene, anche lui si era trovato in una situazione simile in passato, quando Lauren era ancora piccola. Aveva fatto le valigie e si era trasferito con lei a New York, senza fare mai parola della loro vita precedente in Alaska, ma coltivando comunque quei ricordi per tutti quegli anni, attraverso i ritagli di giornale e i vecchi cimeli.

Aveva rimpianto di aver fatto quella scelta? Lei avrebbe rimpianto quella che stava facendo? Doveva scoprirlo, e in fretta. Non voleva pesare su Scarlett più a lungo del necessario. Forse una delle sue vecchie compagne di scuola, nell'emergenza, avrebbe potuto farla dormire sul divano, finché non avesse trovato una sistemazione in un'altra città. In un altro stato, per un'altra Lauren.

Scorrendo i suoi contatti, cercò le amiche che probabilmente sarebbero state più disposte ad aiutarla. Molti ex compagni di classe erano tornati nelle loro città d'origine e quasi tutti si erano sposati e avevano messo su famiglia. Loro avevano tracciato la traiettoria delle proprie vite, mentre Lauren non sapeva neanche dove avrebbe avuto inizio il prossimo capitolo della sua esistenza.

Sentendosi una fallita totale, decise di chiamare la sua vecchia amica Helen, che era stata presidente del corpo studentesco durante gli anni all'università. Helen avrebbe avuto i mezzi per aiutarla e anche parecchi consigli. Forse, Lauren avrebbe fatto meglio a cedere il timone della propria vita a qualcuno di più saggio. Qualcuno come Helen.

Il telefono squillò penosamente diverse volte prima che l'amica rispondesse.

«Ciao, Helen sono io, Lauren.»

«Ciao, Lauren.» Helen sembrava distratta, ma non le lasciò intuire il motivo. «Ho saputo di tuo padre. Mi dispiace. Volevo venire al funerale, ma ero a Parigi per uno stage e non avevo modo di rientrare con un preavviso così breve. Capisci, no?»

«Non c'è problema» la rassicurò Lauren, sperando

che non si sentisse così in colpa da rifiutarle il suo aiuto. «*Davvero*, ero talmente incasinata che, in ogni caso, difficilmente ti avrei vista.»

«Che novità ci sono? Sono passata da casa tua e ho scoperto che l'hai venduta in fretta e furia. Oh, a proposito: i tuoi nuovi vicini beh, probabilmente non sono i tuoi vicini, ad ogni modo, i nuovi proprietari mi hanno dato un po' di posta arrivata per te e per tuo padre. È parecchia roba, c'è anche un pacco. Non hai ancora lasciato un indirizzo di inoltro alle poste?» La voce di Helen grondava condiscendenza. Improvvisamente, Lauren si ricordò come mai non aveva mantenuto nessun contatto con quella ragazza dopo la laurea.

«Cavolo, me ne sono andata così di fretta, non ci ho proprio pensato.»

«Non c'è problema, posso spedirti tutto. Dammi l'indirizzo.»

Parlare con Helen diede a Lauren la lucidità di cui aveva bisogno, ma non le soluzioni nelle quali aveva sperato. Sapeva che non sarebbe tornata indietro. Sarebbe andata avanti. No. New York non era più casa sua. Ma Anchorage avrebbe potuto esserlo.

Rovistò tra le lettere ammucchiate sul tavolo finché non trovò una busta con l'indirizzo scarabocchiato sopra. «Non so quanto resterò qui, ma se trasloco la mia amica mi porterà tutto» spiegò prima di dettare con precisione l'indirizzo di Scarlett.

«Sembra l'ufficio postale di Babbo Natale» fu la battutina di Helen. «Cosa ci fai lassù in Alaska?»

«Non lo so» rispose Lauren in tutta sincerità. «Ma lo scoprirò presto.»

«Beh, chiamami se ti serve altro.»

Lauren si domandò se Helen dicesse sul serio e pregò di non essere costretta a scoprirlo in futuro.

«Va bene» promise Lauren. E le due amiche di un tempo si salutarono.

Non appena chiuse la chiamata, vide sul telefono la notifica di un messaggio in segreteria telefonica. Non riconobbe il numero, ma il prefisso dell'Alaska le diceva che era qualcuno del posto. Attivò il vivavoce e premette *Play*.

«Ciao, Lauren.» Una voce di donna vagamente familiare la salutò. «Sono la vicina di casa del signor Ramsey, Mary Fairbanks. Ci siamo incontrate un paio di mesi fa. Il signor Ramsey mi ha chiesto di chiamarti e farmi dare il tuo nuovo indirizzo. Vuole mandarti un assegno per il tuo compenso. Ce l'ho qui.» Si sentì un fruscio di fogli mentre Mary Fairbanks faceva una breve pausa. «È una bella somma, di sicuro ti farà piacere. Il signor Ramsey ha detto di essere dispiaciuto per esser stato costretto a mandarti via, ma ha voluto pagarti lo stipendio per l'intero anno.»

Mary fece un respiro profondo prima di proseguire. «Non so cosa tu abbia fatto a quell'uomo, ma oggi era più irascibile del solito. Mi ha chiamato all'alba, insistendo perché andassi da lui ad aiutarlo con i cani. È una fortuna, per lui, che io sia in pensione, se no sarebbe cascato male... E non sta a me giudicare, cara, ma, a quanto ne so, quando si licenzia un dipendente, bisogna dare almeno due settimane di preavviso. A ogni modo, chiamami, così sistemiamo questa faccenda.»

Lauren ascoltò la voce della donna dettare rapidamente il numero di telefono e riagganciare. L'avrebbe richiamata più tardi, quando sarebbe stato meno probabile riuscire a parlare direttamente con Mary. Preferiva lasciarle un messaggio sulla segreteria telefonica.

Capiva perfettamente perché Shane non l'aveva chiamata di persona, ma le sarebbe piaciuto che l'avesse fatto.

«Posso tenerti con me per sempre?» chiese Scarlett ridendo. Poi addentò avidamente il salmone che Lauren aveva preparato per cena e sgranò gli occhi quando il mix di sapori le inondò il palato. «Dico davvero» ribadì con entusiasmo, coprendosi la bocca con la mano e continuando a parlare mentre mangiava. «*Ti tengo* qui con me, che ti piaccia o meno.»

«Certo che puoi tenermi, ma mi servirebbe anche un lavoro» rispose Lauren con un grande sorriso.

«Cosa c'è di male se sei la mia coinquilina-casalinga? Non mi capita praticamente mai di mangiare così bene. Solo quando vado a trovare i miei genitori, giù al sud.»

Lauren alzò gli occhi al cielo, ma dentro di sé

gongolava all'idea che Scarlett la trovasse indispensabile. Non le era riuscito con Shane in un mese e mezzo ma, per qualche ragione, alla sua coinquilina era bastato meno di un giorno. Non è forse così che *dovrebbe* andare?

«Sai...» Scarlett prese un cucchiaio di salsa aioli, spalmandola generosamente sul filetto di salmone, mentre continuava a chiacchierare. «Sono sicura che possiamo trovarti qualcosa da fare in biblioteca.»

«Io una bibliotecaria?» squittì Lauren eccitata a quell'idea. «Sarebbe fantastico.»

«Non proprio.» Scarlett bevve un lungo sorso d'acqua prima di proseguire. «Per quello serve la laurea in scienze bibliotecarie, però hai detto che hai studiato inglese, giusto?»

Lauren fece un cenno di assenso, impaziente di sentire cos'avesse in mente l'amica.

Scarlett dondolò un po' il capo come se stesse discutendo tra sé e sé: «*Sì.* Sì, troveremo qualcosa. O magari ti presento all'Università di Anchorage, e vediamo se qualche docente ha bisogno di un'assistente ricercatrice.»

«Come mai sei così generosa?»

Scarlett arrossì: «Chi, io? No. A dire la verità è che *tu* sei la cosa più sorprendente che mi sia capitata da anni.»

«Io?»

Scarlett assentì con tanto vigore che il pilaf le andò di traverso; si picchiò sullo sterno, tossì, poi riprese a mangiare. A Lauren sarebbe piaciuto poter mangiare quanto la sua amica e rimanere magra come un chiodo. Lauren non era mai stata un chiodo e in quelle settimane, con i muscoli che aveva messo su facendo esercitare i cani di Shane, aveva preso l'aspetto di un'amazzone.

Scarlett bevve alcuni lunghi sorsi d'acqua prima di darle una spiegazione: «Sono cresciuta in Texas, in una piccola cittadina famosa in tutto il mondo per le sue mele. A ogni modo, ho sempre saputo di voler fare la bibliotecaria, per cui sono andata dove c'era lavoro adatto a me.»

«Alla Loussac?» osservò Lauren, ricordando il loro primo incontro in biblioteca alla ricerca dei microfilm.

«Sì. Alla Loussac. E ho capito subito che qui mi sentivo a casa. Mi sono innamorata di questo posto, di tutto quello che offre: la natura, la gente, la storia, ma soprattutto, l'Iditarod.»

Lauren scosse il capo, sbigottita: «Quanti anni hai, Scar? Non puoi essere molto più grande di me, e io ho solo venticinque anni.»

Scarlett mostrò tre dita a Lauren: «Ne faccio trenta

l'anno prossimo. Ma non è questo il punto. Il punto è che mi sono innamorata delle corse coi cani tanto quanto sono innamorata dei libri. Leggo tutto quello trovo sulle corse; le ho studiate, le ho guardate. Ma non ho mai pensato, neanche nei miei sogni più sfrenati, di poterlo fare io stessa. Finché non sei arrivata tu.»

Lauren rise, incredula: «Cos'ho fatto io?»

«Sei *tu,* semplicemente, Lauren. E questo è stato sufficiente. Quando sei venuta in biblioteca quel giorno... sei arrivata a questo sport senza nessuna preparazione, hai cominciato a lavorare per una delle leggende del settore anche se ha una cattiva fama e mi hai detto che l'avevi fatto d'impulso. Mi hai aperto la mente.»

«Davvero?»

«Davvero. Ho sempre pianificato e progettato la mia vita, ho fatto quello che ci si aspettava che facessi, non necessariamente quello che avrei voluto fare. Ma poi ho pensato: se *lei* lo fa, allora perché non posso farlo anch'io?»

Lauren si guardò intorno nel piccolo appartamento, dove l'assenza di cani era particolarmente evidente.

«Oh, no! Non subito. Non si cambia dalla sera alla mattina. Ma ce l'ho in programma per il mio anno sabbatico, quindi, forse, la prossima stagione...»

Arrossì e posò la forchetta accanto al piatto vuoto. «Posso farcela a diventare un musher. Tu mi hai ispirato a inseguire i miei sogni, e questo fa di te la persona per me più importante in assoluto.»

«Non faccio più parte di quel mondo. Shane mi ha licenziata. Cioè, me ne sono andata, o qualcosa del genere. Il punto, comunque, è che non faccio più quel lavoro.»

«Ma tuo padre...» Scarlett arrossì e il colore le si estese a tutto il volto. Terminò il pensiero: «Tu *sei* quella roba lì.»

Lauren sospirò. «Comincio a chiedermi se ho conosciuto davvero mio padre. Mi ha tenuto nascosta una parte importante di sé, e io non mi sono avvicinata di un centimetro a capire perché abbia mollato tutto o perché abbia voluto mantenere il segreto per tutti questi anni.»

Scarlett portò i piatti al lavello e cominciò a lavarli. «Lascia che ti dica una cosa. Anche se mi piace l'idea che tu stia a casa a cucinare per me, domani vieni in biblioteca. Ti trovo altro materiale per la tua ricerca e avrai tutto il giorno per approfondire la storia della tua famiglia. Le risposte ci sono tutte, devi solo continuare a cercare. E io ti aiuterò.»

«Scarlett, sei così gentile. Grazie!»

«Non c'è di che. Gli amici servono a questo, no?»

«Sì» sospirò Lauren, ricambiando il cinque di Scarlett. È così che ci si sente quando si è accettati, benvoluti e apprezzati. Vivendo con Shane non aveva provato niente di simile o, per lo meno, solo per brevi istanti.

Stare con Scarlett le faceva bene. Sarebbero state amiche per sempre. Il resto sarebbe giunto con il tempo.

Il pomeriggio seguente, quando Lauren uscì dalla biblioteca, aveva imparato diverse cose: l'Iditarod prendeva il nome da Halditarod, una parola usata dagli indiani Ingalik che significa 'posto lontano'. Rick Swenson era il musher con il maggior numero di vittorie all'attivo di tutti i tempi. La sua quinta e ultima vittoria era stata nel 1991, e questo poteva significare, forse, che il padre di Lauren avesse gareggiato contro di lui. Un'altra cosa che Lauren aveva imparato era che, negli anni Novanta, la gente andava orgogliosa dei capelli tagliati alla David Bowie ed esibiva cotonature altissime.

Ma non aveva scoperto nulla di nuovo su suo padre.

Scarlett la invitò a tornare il giorno successivo, ma

le sue ricerche finivano tutte nel nulla, ed era certa che non avrebbe mai scoperto chi fosse stato davvero suo padre in quegli anni di corse con i cani.

Quella sensazione di tradimento la ferì di nuovo. Lei gli aveva confidato la sua prima cotta, gli aveva raccontato i segreti di adolescente che non avrebbe confidato a nessuno se non al proprio diario segreto. Gli aveva persino confessato di aver rubato la stilografica fighissima alla sua compagna di classe, Heather McEntyre. E lui, invece, le aveva tenuto nascosto un lungo periodo della sua vita.

Anni!

Chissà se si era limitato a celarle quegli anni di sport sulla neve, in Alaska, o se c'era stato altro. Edward Dalton avrebbe potuto benissimo condurre una doppia vita, per quel che ne sapeva lei, mentre per Lauren lui era stato tutto il suo mondo.

«Testa alta» le intimò Scarlett mentre faceva manovra e parcheggiava sotto la tettoia. «Scopriremo cos'è successo, te lo prometto.»

«Scopriremo?» chiese Lauren tirando su col naso.

«Sì, noi due. Pensi che ti lasci da sola? Non se ne parla. Userò i miei superpoteri di bibliotecaria e ti aiuterò a scoprire la verità. Posso procurarti altri libri, fonti primarie e anche roba off-limits.» Scarlett emise un mugolio soddisfatto mentre si slacciava la cintura. «Ci divertiremo un sacco!»

Quando entrò con l'amica nel condominio dove abitavano, Lauren sentì le lacrime trasformarsi in una risata.

«Libri... e archivi... e microfilm... Oh, cielo!» Scarlett canticchiava mentre afferrava Lauren sotto braccio. «Insieme andiam, andiam, andiam... a scoprire i segreti... del celebre papà di Lauren.» Le loro risate risuonarono nell'androne mentre le due ragazze salivano le scale di corsa, sempre tenendosi a braccetto, e Scarlett proseguì con la parodia del *Mago di Oz.* «Qui dicon ch'egli è—Oh, ciao!»

Scarlett era più alta di Lauren, e salendo le scale vide un attimo prima dell'amica la figura accovacciata fuori dalla porta del loro appartamento. Addossato al muro, con le stampelle appoggiate in bell'ordine al proprio fianco, sedeva il suo ex titolare, Shane Ramsey. L'uomo alzò il mento e sgranò gli occhi all'avvicinarsi delle due donne, senza sorridere né accigliarsi, nascondendo le sue emozioni come sempre.

«Vado a preparare la cena» disse Scarlett, entrando in casa e chiudendosi delicatamente la porta alle spalle.

«Cosa ci fai qui?» Lauren rimase in piedi. Le sembrava di avere un maggior controllo, e che avrebbe potuto darsi alla fuga in qualsiasi momento, se ce ne fosse stato bisogno.

«Torna da me, Lauren. Ho sbagliato. *Ho bisogno di te.*»

Lauren non avrebbe saputo dire se quelle parole le facessero piacere o se la facessero arrabbiare.

«Non possiamo andare avanti così» rispose incrociando le braccia e guardandolo dall'alto con lo sguardo più freddo che le riuscì. «Mi sballotti di qua e di là come un pacco. Non va bene.»

«Lo so, mi dispiace. Ti meriti di meglio.»

Lauren fece un respiro profondo e cercò di rilassarsi. Diceva davvero? Davvero le cose sarebbero andate diversamente, adesso? «Certo che mi merito di meglio.»

«Mi comporterò bene, te lo prometto. Solo, torna a casa, Lauren, per favore.»

«Come faccio a fidarmi di te, se tu non ti fidi di me? Prendi tutte quelle precauzioni assurde per nascondere il tuo passato e poi mi accusi di aver dato fuoco al tuo capanno. Intenzionalmente, per giunta.»

«Lo so, lo so.» La voce gli si incrinò, e lui abbassò la testa.

Lauren credette di intravedere una lacrima fare capolino, ma Shane nascose rapidamente il viso tra le mani e l'asciugò.

«Non ci sono abituato. Lo so che non è una scusa, ma è la verità. La prima di tante che sono venuto a raccontarti, se sei disposta ad ascoltarmi.»

Lauren non sapeva da dove cominciare. *Non sei abituato a cosa? Quali altre verità sei venuto a raccontarmi? Vuoi dire che, in fin dei conti, ci tieni a me?*

Si lasciò scivolare sul pavimento vicino a lui e decise che l'avrebbe lasciato cominciare da qualunque parte avesse voluto. «Vai. Ti ascolto.»

La mano di Shane fremette in direzione di quella di Lauren, ma lui la ritirò subito e l'appoggiò sul ginocchio ferito. Guardò dritto davanti a sé, verso la rampa di scale, e cominciò il suo racconto: «Alla gente non piaccio, già da parecchio tempo. Tu sei diversa, non so perché. Ma, qualunque sia il motivo, sopporti il mio brutto carattere. Mi fai stare bene, e non solo perché ci sai fare con i cani. Sei capace di sfidarmi, mi tieni testa. Mi fai ridere e cucini i piatti migliori che abbia mangiato in tanti anni. Anche quello mi manca, a dirla tutta.»

Rise piano, ma la risata gli si strozzò in gola. La guardò come se si aspettasse che lei gli dicesse qualcosa, ma Lauren aveva bisogno di sapere di più, se davvero voleva perdonarlo per quello che era successo due sere prima e per tutto quello che era successo dalla prima volta che si erano parlati davanti alle cucce quel giorno di gennaio.

«Io...» Shane cominciò di nuovo, ma si inceppò, deglutendo il nodo che sembrava serrargli la gola. «Voglio essere sincero con te, perché *hai ragione*. Siamo amici e ci tengo a te. Non avrei mai voluto, ma ormai è tardi per tornare indietro.»

«Vai avanti» lo incoraggiò Lauren in un sussurro.

«Ho nascosto il mio passato anche a me stesso, Lauren. Sì, ho cioè, avevo riempito il capanno con tutte le sue cose, ma non ci entro quasi mai. Quella sera, dopo essere stato al pub con i miei amici, mi mancava così tanto che sono entrato. Avevo bisogno di vedere il capanno per sentirmi meglio. Mi avevano fatto delle domande, avevamo parlato di quello che era successo, perché tutti lo sanno, quello che mi è successo. La comunità dei musher non è ampia come potresti pensare. Qui tutti sanno tutto di tutti. Penso che sia anche per quello che cominciava a piacermi averti vicina. Era come un nuovo inizio. Tu non ne sapevi niente. E io avevo paura che, se avessi saputo, mi avresti odiato come mi odiavo io.»

Si fermò di nuovo, schiarendosi la gola, e guardò verso di lei, quasi supplicando di non dover aggiungere altro. Ma Lauren aveva bisogno di sentirselo dire, almeno tanto quanto lui aveva bisogno di tirare fuori il dolore.

Lauren gli appoggiò una mano sulla spalla, sperando che quel gesto gli desse il coraggio di proseguire.

Shane trasse un altro respiro profondo: «Tre anni fa ero sposato e avevo una figlia. Loro, però, non erano mai state una priorità per me. Col senno di poi, non me le meritavo. Pensavo solo ai cani, ad allenarli, a gareggiare in ogni corsa possibile. Ero uno dei migliori, ma non mi bastava: dovevo essere *il* migliore. E questo richiede un enorme investimento di tempo. Ho dato tutto allo sport. E ciò implica che non rimaneva niente per la famiglia.»

Un altro singhiozzo soffocò di nuovo le sue parole, ma questa volta lasciò che le lacrime gli inondassero le guance: «Non fui sorpreso quando mia moglie mi lasciò, ma non mi aspettavo che fosse arrabbiata al punto da cercare di vendicarsi come poi ha fatto.»

Shane si voltò a guardarla: i suoi occhi, di solito burrascosi, erano chiari e limpidi. «Si è presa la bambina. Ha fatto tutto quello che era necessario... per essere certa che mi togliessero l'affidamento. Per essere sicura che uscissi dalle loro vite per sempre. Non vedo mia figlia da allora. Da tre anni vivo come se mi avessero portato via il cuore; al suo posto c'è solo un gran dolore.»

Lauren appoggiò la testa sulla sua spalla. Era un gesto affettuoso, intimo, ma era anche la cosa giusta da fare: «Grazie per avermelo raccontato. Era tutto quello che volevo: che fossi onesto con me, che mi facessi posto.»

Shane appoggiò la testa a quella di Lauren e rimasero seduti in silenzio finché i loro ritmi si sincronizzarono, e il cuore di lui e il respiro di lei furono in sintonia.

«Tornerai a casa?» le chiese infine l'uomo.

«Sì» rispose Lauren. Le sembrava sempre di più che il significato di *essere a casa* stesse in una persona più che in un posto. Anche lui, un giorno, si sarebbe sentito così nei suoi confronti?

Quella sera sarebbe stato un inizio.

Trenta

Si chiamava Rosie. Aveva appena compiuto quattro anni quando l'aveva vista per l'ultima volta. Quella notte, Shane raccontò a Lauren tutti i dettagli mentre tornavano alla baita.

«Non so dove sia o come faccia di cognome adesso.» Le parole sembravano venirgli sempre più spontanee quanto più procedeva nel racconto. «Per quanto ne so, Isabel potrebbe averglielo cambiato.»

«Adesso che so come stanno le cose, posso aiutarti» osservò Lauren. «Posso aiutarti a ritrovarla.»

«Cosa ti fa pensare che voglia vedermi? O che si ricordi di me? Era così piccola, e io non sono stato all'altezza. No, me lo sono meritato.» Con i comandi del volante accese la radio, ma Lauren si sporse in avanti e la spense.

«No, non ti meriti niente di tutto questo. Sei una brava persona, Shane. Fidati: tua figlia vorrà vederti. Mio padre mi ha tenuta segreta una grossa parte della sua vita, ma darei qualsiasi cosa per riaverlo, anche solo per un giorno. Una bambina ha bisogno del suo papà. Rosie ha bisogno di te tanto quanto tu ne hai di lei.»

«Ma come faccio a riaverla indietro, Lauren? È impossibile.»

«Non lo so ancora, ma troveremo un modo.» Si allungò per stringergli la mano tremante tra le sue. «Insieme.»

Guidarono per un po' in un silenzio, mentre Lauren ricapitolava le informazioni su Shane di cui era venuta in possesso, e ne ricostruiva la storia. Le vecchie citazioni in tribunale dovevano aver avuto a che fare con le udienze per il divorzio o per l'affidamento. Anche il suo umore e la grande dedizione ai cani dovevano essere legati a quanto era successo con la sua ex moglie. Shane aveva accennato al fatto di essere stato nel capanno la notte dell'incendio, per cui era plausibile che avesse lasciato accesa una stufetta o che avesse dimenticato di spegnere una candela. Tutte cose che avrebbero potuto facilmente provocare quell'incidente.

C'era un paio di aspetti, però, che Lauren non

riusciva a far quadrare, e forse ora Shane sarebbe stato disposto a spiegarglieli.

«Shane?» si azzardò.

«Mmm?» In un attimo si ricreò una lieve tensione. Ci sarebbe voluto tempo perché quell'uomo arrivasse a sentirsi completamente a proprio agio con lei, ammesso che un giorno potesse riuscirci. Lauren sperava che sarebbe successo.

Dal momento che, comunque, aveva ormai disturbato la sua quiete, decise di continuare con la prima delle domande: «Come mai hai chiamato uno dei cani come tua figlia?»

«Briar Rose?» Shane rise. Non sembrava una domanda rischiosa, quella. «Non le ho dato io quel nome; è stata Rosie.»

Anche a Lauren scappò una risatina: «Le ha dato il proprio nome?»

«Beh, aveva due anni allora e voleva un cane tutto per sé. Quando le chiedemmo come avrebbe voluto chiamarlo, avanzò tre proposte: *Doggie, Poopie* e *Rosie*, così scegliemmo un compromesso e la chiamammo Briar Rose, poi finimmo per chiamarla semplicemente Briar.» Il suo sguardo sembrava vagare tra i ricordi, come se si stessero svolgendo davanti ai suoi occhi in quel preciso momento.

Lauren rise di nuovo: «Decisamente il tipo di

bambina che mi piace. Allora perché Briar non è andata con lei quando è andata via?»

«Quel cane era affezionatissimo a mia figlia, e la bambina era affezionatissima al cane. So che avrebbero voluto restare insieme, ma Isabel, nel suo mondo, non voleva niente che fosse appartenuto a me.» Shane sprofondò nel sedile avvolgente come se tutte le forze l'avessero improvvisamente abbandonato. «Ho sperato che cambiasse idea e che tornasse a prendere Briar.» La sua voce divenne di nuovo malferma. «Ma i mesi passavano e alla fine ho capito che non l'avrebbe fatto. Non sopportavo quel cane che se andava in giro per casa piagnucolando, in attesa della sua padroncina. Mi ricordava troppo quanto Rosie mancasse anche a me. Quindi decisi di mettere Briar fuori con gli altri cani, e da allora lei se ne sta lì.»

Ecco perché Briar Rose è così diversa!

Non era neanche un cane da slitta. E si spiegava anche come mai Lauren avesse legato immediatamente con lei: entrambe erano in cerca di qualcuno da amare, dopo aver perso la persona a cui tenevano di più. «Posso chiederti un'altra cosa?»

«Spara» rispose Shane. Lauren detestava chiedergli di rivivere quei momenti dolorosi, ma sapeva anche che sarebbe stato più facile per entrambi se avesse tirato fuori tutto in una volta sola.

«Come mai hai tutti quei bei vestiti e non li indossi mai?» gli gettò un'occhiata giusto in tempo per coglierne il sorriso. Neanche quella domanda lo aveva turbato. Bene.

«Lo sapevo che quel giorno stavi curiosando nel mio armadio.» Fece un sorrisetto, ma non sembrava arrabbiato. «A volte li metto per i contratti di sponsorizzazione. Sai, qui, i musher sono un po' dei VIP. Quando vinco o faccio un buon piazzamento, porto a casa un premio in denaro, ma la maggior parte dei miei guadagni viene da accordi con gli sponsor. Da quando mi sono fatto male, però, non ne ho avuto più neanche uno.»

«Cos'altro?» chiese Lauren.

«Cosa intendi con *altro*?»

«Hai detto che *a volte* li indossi per gli sponsor, il che vuol dire che ci sono anche altre occasioni e altri motivi.»

«Va bene. Certo che ti non sfugge niente, Sherlock Holmes.» Rise e Lauren gli fece eco.

«Allora?» lo incalzò lei vedendo che non proseguiva.

«Ho un po' di soldi di famiglia.» Scrollò le spalle come se non fosse niente di importante. «Onestamente, penso che sia uno dei motivi per cui Isabel si era innamorata di me all'inizio. Le piacevano i miei soldi più di quanto le piacessi io e non ha mai approvato la mia decisione di uscire dal business e diventare un musher.»

«Che tipo di business?» Lauren era curiosa, incapace di immaginarsi Shane a fare qualcosa che non fosse correre con i cani.

Le labbra dell'uomo si incurvarono in un sogghigno e quasi sputò le parole: «Petrolio.»

Anche Lauren doveva avere un'espressione di disgusto sul volto perché Shane confermò: «Esatto. Non l'ho mai considerato giusto e ho capito che non dovevo per forza passarci la vita solo perché c'ero nato dentro.»

«Quindi hai lasciato?»

«Ho lasciato l'attività e ho lasciato che fossero i miei fratelli e le mie sorelle a scannarsi.»

«E Isabel non ha approvato questa decisione.»

«Diamine, no! Pensava di sposare uno dei rampolli più ricchi d'Alaska e il fatto che io abbia lasciato tutto, per lei ha significato che non l'amavo e che non amavo nostra figlia. Che non mi interessava garantire loro un futuro.»

«Ma è da matti!» obiettò Lauren in sua vece.

«Però posso capire la sua reazione.» Shane alzò le spalle di nuovo. «Quando mi ha sposato pensava che la nostra vita avrebbe seguito un certo percorso e, invece, improvvisamente io mi sono messo a zigzagare e ho sterzato in tutt'altra direzione. Il fatto è che guadagno ancora piuttosto bene e ho un tenore di vita agiato. Solo che adesso sono da solo a godermelo.»

«E te lo godi davvero? Sei sempre così abbattuto e irritato.»

«Sì, ma non per quello.»

Lauren alzò di nuovo lo sguardo verso di lui e ne osservò i lineamenti corrugarsi in una maschera di tristezza. Quel poveretto aveva perso davvero tanto ed era anche convinto di esserselo meritato. Per quanto tempo ancora avrebbe dovuto espiare le proprie colpe prima di ritrovare la serenità? Lauren avrebbe cercato di farlo accadere quanto prima. L'avrebbe aiutato a liberarsi del senso di colpa e a superare il dolore della perdita, perché lui, in quel momento, pensava che non valesse la pena lottare.

«La troveremo, Shane» gli promise. «Hai la mia parola.»

Trentuno

Il rientro alla baita, al 1847 di Thornfield Way, per Lauren fu davvero come tornare a casa.

«Ho cambiato alcune cose mentre non c'eri» disse Shane zoppicando dietro a Lauren. «Non tanto quanto avrei voluto, però. Le ginocchia mi hanno rallentato.»

Lauren si guardò intorno in soggiorno e le sembrò più o meno sempre lo stesso: «C'è qualcosa che posso fare?»

«Sì. Domani, però. Non ho quasi chiuso occhio durante le ultime due notti. Sono talmente stanco che è un miracolo se siamo tornati a casa interi.»

Lauren si fece avanti per esplorare la stanza e notò che sulla moquette era stato passato l'aspirapolvere, forse era stata persino lavata. Si girò verso Shane con un sorriso che andava da un orecchio all'altro: «Non hai dormito, eh? Ti sono mancata, per caso?»

Shane incrociò le braccia sulle stampelle: «Credo di averti detto abbastanza, per oggi.»

Lauren lo guardò sollevando un sopracciglio e Shane rise.

«Lo sai che mi sei mancata. Altrimenti non sarei venuto a riportarti a casa» rispose poi, sorridendo.

Lauren lo abbracciò brevemente: «È bello sentirselo dire, tutto qui.»

Shane si produsse in uno sbadiglio portentoso, mentre cercava di farfugliare qualcosa: «Io... molto... sai.»

«Va bene, vai al letto. Ci vediamo domani mattina.»

Le sarebbe piaciuto fare visita ai cani, ma anche lei aveva un gran bisogno di riposare dopo due notti passate a rigirarsi sul divano di Scarlett. Una volta nel suo letto, dormì come un ghiro, o come un ceppo. Insomma, non si mosse di un millimetro e tirò dritto fino al mattino, quando il profumo del bacon che sfrigolava in padella si diffuse fino nella sua stanza.

«È ora di alzarsi!» Shane le diede la sveglia dalla soglia. Reggeva, in precario equilibrio, un vassoio con uova, bacon e succo d'arancia, in attesa che Lauren gli desse il permesso di entrare.

«Cosa succede?» chiese la ragazza sfregandosi gli occhi insonnoliti e sperando che lui, da dove si trovava, non si accorgesse dell'alito mattutino.

«Sto cercando di comportarmi da buon amico, soprattutto perché ho un grosso favore da chiederti.»

«Dev'essere un favore *enorme*» scherzò Lauren. «Fai colazione anche tu?»

«L'ho già fatta, credimi. Il bacon era almeno quattro volte tanto.»

«Beh, mettiti comodo.» Lauren si tirò su e sedette a gambe incrociate, facendogli segno di prendere posto ai piedi del letto. Poi bevve un bel sorso di succo d'arancia nella speranza di migliorare l'alito. «Per cosa ti serve aiuto?»

Shane sospirò con aria melodrammatica. Bene, così Lauren si sarebbe goduta anche uno show, oltre alla colazione. Non male per cominciare la giornata.

«Non so se ci hai fatto caso» sussurrò lui come se stesse per confidarle un segreto. «Ma la casa è un po' incasinata.»

«No... Davvero!?» Lauren roteò gli occhi e si riempì la bocca con una grossa forchettata di uova strapazzate.

«Sempre molto simpatica, anche di primo mattino» commentò Shane con una risatina sarcastica. «L'incendio nel capanno mi ha come risvegliato. A proposito, i vigili del fuoco hanno detto che si è trattato di un corto circuito. Pare che mi sia dimenticato di spegnere la stufetta, e le tende hanno preso fuoco.»

«Avevo il sospetto che fosse successo qualcosa del genere, ma mi fa piacere sentirtelo dire.»

«Non ti sfugge niente, eh?»

«No» rispose Lauren, per poi addentare una fetta di bacon croccante.

«Sai quanto sto male sapendo che è andato tutto perduto, ma è stato un bene.»

«Cioè?»

«È stato come un risveglio.» ribadì lui. «Ma non un risveglio piacevole, sai, come quando l'amico belloccio ti serve la colazione a letto...»

Lauren alzò di nuovo gli occhi al cielo: «Che tipo di risveglio, allora?»

«Mi ha fatto capire che tutta quella roba rappresenta un pericolo d'incendio, non solo fisico, ma anche emotivo. Se non do una ripulita a tutta la confusione che c'è nel mio passato, non riuscirò mai ad andare avanti.»

Era la prima volta che Lauren lo sentiva parlare del futuro senza fare riferimento alle corse. C'era forse anche lei in quel nuovo futuro?

«Sa tanto di frase dei Baci Perugina, ma credo di capire. Vuoi che ti aiuti a fare ordine, giusto?»

«Se non è chiedere troppo...» La voce gli si incrinò, creando un notevole contrasto con il suo aspetto robusto e barbuto, cosa che Lauren trovò molto buffa.

«Certo che ti aiuto. A una condizione.» Smise di ridere e prese un'altra forchettata di uova con aria pensierosa. «No, due.» Sorbì con calma il succo d'arancia rimanente, sapendo che l'attesa lo teneva sulle spine, e divertendosi un sacco.

«Allora? Me lo dici prima che ci vengano i capelli bianchi?»

Adesso faceva battute sul fatto di invecchiare insieme. Interessante.

Lauren agitò la forchetta in direzione di Shane e cominciò a descrivere la sua parte dell'accordo: «La prima condizione è riprendere Briar Rose in casa. È un cane da compagnia e deve stare qui.»

Shane assentì, gettando una breve occhiata verso la finestra, come se da lì potesse vedere le cucce. «E l'altra?»

«Prometti che mi aiuterai a trovarla.»

«Chi? Briar Rose?»

«Sai benissimo di chi sto parlando, simpaticone.»

«E se non ce la facciamo?»

«Ce la facciamo.»

«Ma se non—»

«Ce la facciamo.»

Shane le rubò l'ultimo pezzo di bacon, e Lauren lasciò correre. «Come fai a esserne così sicura?»

«Perché non sei più da solo. Non so se ci hai fatto caso, ma tendo a puntare i piedi quando voglio qualcosa.»

Shane si portò una mano al petto fingendosi sorpreso ed esclamò: «Non mi dire!»

«Davvero, simpaticone. E desidero trovarla almeno tanto quanto desidero scoprire la verità su mio padre. Forse anche di più, perché voi due avete ancora tempo per salvare il vostro rapporto.»

Prese le dita di Shane tra le sue e le strinse brevemente per fargli coraggio, ma quando cercò di lasciarlo, lui la trattenne con forza.

Dopo alcuni istanti di tensione, la lasciò andare. «Quindi adesso sono il simpaticone? È il mio nuovo soprannome?»

«Se per te va bene...»

«Mi mancherà sentirmi chiamare musone, ma mi adatterò. Mi basta che tu sia tornata.»

Trentadue

Quando Lauren ebbe finito di far colazione, Shane la aiutò a sistemare i cani. Diede loro da mangiare e pulì le cucce mentre lei faceva far loro esercizio. La ferita gli rallentava i movimenti, ma i suggerimenti che le dava mentre lavoravano insieme la aiutavano a sfruttare il proprio tempo in modo molto più efficiente. Finalmente stava imparando davvero a fare quel lavoro che aveva cominciato da poco meno di sei settimane.

Terminata la routine mattutina insieme, si dedicarono alla nuova incombenza di riordinare la casa e demolire completamente il capanno. Per quel che riuscì, Lauren andò a caccia di indizi che potessero aiutarli a rintracciare Rosie, setacciando le macerie del capanno e rovistando nel caos che regnava in casa. Ogni volta che trovava qualcosa di utile, si sforzava di fissarlo nella memoria, oltre che di ricordarsi in quale borsone, contenitore o cesta l'avessero riposto.

Quella sera, più tardi, avrebbe anche fatto qualche foto, mentre Shane dormiva, così da progredire nella ricerca senza costringerlo a confrontarsi di nuovo con il passato più di quanto non fosse pronto a fare. Lauren era fiera di lui, del fatto che cercasse di liberarsi del passato e che si sforzasse di scoprire cosa aveva in serbo il futuro. Promise a sé stessa che avrebbe fatto tutto il possibile per assicurare a quella famiglia un lieto fine, anche nel caso in cui lei non vi avesse preso parte.

Quella sera, verso le sei, qualcuno bussò alla porta. Lauren guardò Shane, aspettando che dicesse qualcosa, ma alla sua espressione interrogativa lui si limitò a scollare le spalle e si avviò zoppicando verso l'ingresso.

Un attimo dopo era di ritorno con una grande sporta di carta piena di qualcosa che spandeva un profumo assolutamente delizioso. «Hai voglia di mangiare un boccone?» le chiese dirigendosi verso la tavola con la consegna. In quel momento lo stomaco di Lauren brontolò così forte che entrambi lo sentirono.

«Sto morendo di fame» ammise lei, «ma prima vado a prendere Briar. Sono sicura che non vede l'ora di mettersi sotto la tavola e aspettare che cadano un po' di avanzi.»

«Lauren...» la avvisò Shane.

«Ehi, io ho tenuto fede alla mia parte dell'accordo. Adesso tocca a te.» Proseguì verso la porta d'ingresso, senza nessuna intenzione di mercanteggiare su quel punto.

«Non darle gli avanzi, però» le urlò dietro Shane. «Sono anni, ormai, che non mangia altro che cibo per cani. Se comincia adesso, rischia di stare male. E poi questa cena è speciale, è per noi.»

«Ti preoccupi troppo» lo prese in giro Lauren prima di sbattersi la porta alle spalle e correre verso le cucce per slegare Briar e portarla in casa. Da quel momento, per evitare di creare disagio a Shane, l'avrebbe chiamata solo Briar.

«Ha detto che è speciale» raccontò Lauren al cane, mentre le sganciava il moschettone del guinzaglio. «Secondo te, cosa voleva dire?»

Nell'attimo in cui fu libera, Briar guaì e saltò su a leccarle il viso, e Lauren si chiese se sarebbero stati gli unici baci che avrebbe ricevuto quella sera. Per quanto si sforzasse, quello che provava per Shane Ramsey non voleva sapere di andarsene. Al contrario: cresceva rapidamente. Ogni nuova confidenza, ogni gesto gentile, ogni provocazione amichevole la avvolgevano sempre di più in quell'incantesimo.

Tuttavia, sapeva che lui era ferito, e anche parecchio; e lei gli voleva troppo bene per trascinarlo anzitempo dentro qualcosa per cui lui non era ancora pronto, e che rischiava di riaprire ferite dolorose.

Forse, un giorno, il momento giusto sarebbe arrivato, e lei l'avrebbe capito. E anche lui. E sarebbero vissuti per sempre felici e contenti. Fine. O qualcosa del genere.

Ma non subito, quello non era il giorno giusto. Avevano ancora troppe cose da fare, troppi mostri da sconfiggere prima di poter cantare vittoria. Avrebbero cominciato con il ritrovare sua figlia e poi si sarebbero rimpegnati a scoprire la verità sul padre di Lauren. Entrambi quei misteri dovevano essere risolti, se volevano guarire entrambi dal proprio passato e pensare davvero al futuro. Ed eventualmente decidere se quel futuro potesse essere esplorato insieme.

Desiderava davvero che funzionasse.

Suo padre, però, l'aveva cresciuta per essere una donna pragmatica, con la testa ben salda sulle spalle, e non tra le nuvole. Quindi, anche se le piaceva sognare un finale da fiaba, sapeva che il futuro poteva prendere pieghe molto diverse. La vita glielo aveva già dimostrato.

Era sempre stato così. Era il motivo per cui aveva accettato il lavoro nell'azienda di gestione dei dati, invece di scoprire quello che desiderava davvero. Ed era probabilmente la ragione per cui era stato così facile, per suo padre, tenerle nascosto il proprio passato per tutto quel tempo.

Adesso, però, era il momento di cambiare.

Lauren aveva capito, finalmente, cosa voleva dalla vita e Shane aveva svolto un ruolo importante in questa presa di consapevolezza, che l'avesse fatto apposta o meno.

Quando rientrò con l'husky, trovò che Shane aveva apparecchiato con stoviglie di porcellana, anziché con i soliti piatti usa e getta. Aveva perfino tirato fuori la bottiglia di vino bianco che Lauren aveva adocchiato in frigorifero già dal pomeriggio.

«Cos'è tutta questa roba?» chiese Lauren con un sorriso malizioso. Briar, intanto, era schizzata attraverso il corridoio ed era saltata addosso a Shane, spingendolo contro la parete e agitando la coda in un turbinio di entusiasmo che finiva per scuoterle tutto il corpo.

«Piano, fanciulla!» Shane rise e le accarezzò la testa.

«Dici a me o al cane?» scherzò Lauren.

«A tutte e due» rispose Shane, ordinando al cane di sedersi con un rapido cenno della mano.

«Cosa festeggiamo questa sera?» chiese Lauren, indicando col mento il vino e le stoviglie eleganti. «Il tuo nuovo inizio?»

Shane attraversò la cucina per prendere l'apribottiglie dall'ordinatissimo cassetto delle cianfrusaglie. Poi tornò di fronte a Lauren e lanciò in aria il ferro del mestiere, riprendendo al volo. «A dire la verità, festeggiamo il *tuo* nuovo inizio.»

«Il mio?»

«Sì.»

«Puoi essere più preciso?»

«No.»

Lauren lo fissò seria.

«Scherzo!» disse l'uomo con una risatina. «Siediti e assaggia il miglior halibut di tutta l'Alaska. Poi ti spiego tutto. Promesso.»

Lauren obbedì, tirando fuori uno dei contenitori da asporto dalla grossa borsa e mettendosi nel piatto un po' di tutto. «Ma quante cose hai comprato?» chiese, tirando fuori una scatola dopo l'altra e chiedendosi perché mai Shane avesse ordinato cibo che sarebbe bastato per dieci persone.

«L'ho preso da Maurice, il piccolo asporto giù in

paese. È tutto talmente buono che ho deciso di ordinare tutto.»

«In che senso?»

«Letteralmente tutto. Ho ordinato tutto quello che c'è nel menu» dichiarò lui con orgoglio, aprendo un altro contenitore e mostrandole il contenuto. «Assaggia questa crema. È fantastica.»

Lauren si infilò in bocca una cucchiaiata di quell'intingolo cremoso e leggero e mugolò di piacere: «Hai ragione. Solo che, adesso, non so se ne hai ordinato abbastanza!»

Shane rise e si servì a sua volta un po' di ciascuna pietanza.

«Ok, allora è così che si festeggia, qui» borbottò Lauren tra un boccone e l'altro. «Buon cibo, buon vino e buoni amici. Ora vorrei solo sapere se abbiamo anche un buon motivo.»

«Certo che sì. Festeggiamo il tuo esordio ufficiale come musher.» Alzò il bicchiere per brindare, ma Lauren, invece di rispondere al brindisi, lo fissava a bocca aperta.

«Ehi, lo sono da due mesi, ormai» obiettò.

«Sei *un'addestratrice* da due mesi, ma da domani sarai *una musher*.»

«Sono stata promossa?»

«Certo, se ti fa piacere vederla così. Ho iscritto sia te che i cani alla tua prima gara.»

Accidenti! Quella sì che era una bella notizia! Lauren alzò il bicchiere, che tintinnò contro quello di Shane. Sorseggiarono il vino chiaro e dolce e si scambiarono un sorriso da una parte all'altra della tavola.

«È l'Iditarod?» chiese Lauren, mandando quasi tutto all'aria con la sua ingenuità.

«Stai scherzando? No! Non puoi buttarti subito nella corsa più impegnativa di tutte, Lauren. Hai bisogno di tempo, devi imparare a orientarti prima di intraprendere una sfida del genere.»

Lauren finì la cremina verde che si era generosamente messa nel piatto e appoggiò la forchetta con una smorfia. «Non lo so... Sei sicuro che possa farcela?»

«Ti preoccupi perché sei caduta dalla slitta e hai perso i cani durante l'allenamento?»

Lauren arrossì come un pomodoro. O almeno così credette, poiché ebbe l'impressione che le guance le prendessero fuoco per l'imbarazzo. «Come fai a...?»

Shane rise di nuovo e Lauren, in quel momento, fu certa di averlo sentito ridere quel giorno più di quanto non fosse accaduto dal momento in cui si erano conosciuti. «I pettegolezzi viaggiano veloci. È una comunità piccola, te l'ho detto. A ogni modo, cadere dalla slitta è un po' un rito di passaggio. Tanto quanto la prima gara è un momento importante per ogni nuovo musher.»

«Credi davvero che ce la possa fare? Che me la caverò?»

«Sì, ne sono sicuro.»

«Beh, se il musone ha fiducia in me, allora ce l'ho anch'io.»

Risero entrambi: «Ecco, sono di nuovo il musone.»

Lauren fece spallucce: «Le vecchie abitudini sono dure a morire. Solo, promettimi una cosa.»

«Cosa?» Shane la guardò alzando un sopracciglio.

«Non farmi gareggiare contro di te troppo presto. Dammi modo di vincere un paio di volte, ok?»

Shane si batté la coscia per chiamare Briar al proprio fianco e le diede un pezzo di carne di alce impanata e fritta che il cane accettò di buon grado.

Quando ebbero finito di cenare, sparecchiarono e rigovernarono i piatti. Solo allora Lauren si rese conto che Shane non le aveva risposto.

Trentatré

Il giorno dopo, Lauren lavorò sodo, sforzandosi di seguire le istruzioni che Shane le abbaiava nell'aria fredda dell'aurora. Nonostante avesse la sensazione che adesso il suo amico fosse più felice, durante quegli allenamenti quasi militareschi era facile avere l'impressione opposta.

Lauren non faceva più correre i cani da sola, ma insieme a Shane, che se ne stava seduto nel cesto della slitta gridandole come aggiustare il tiro, mentre buttava giù appunti che avrebbe discusso con lei più tardi.

Ormai il lavoro non finiva più con il calar della sera: spesso andavano avanti a discutere di tecniche di corsa anche mentre cenavano, e poi fino a notte fonda. Shane le fece persino leggere la sua vecchia copia del romanzo di Jack London.

Inizialmente Lauren pensò che tutte le tecniche che Shane le insegnava fossero esagerazioni, ma col tempo notò che, quando le applicava, la slitta rispondeva meglio ai comandi. Ogni volta che ci si appoggiava contro in una curva, era come se lei e il mezzo diventassero una cosa sola, e la slitta si muoveva insieme a lei.

«Se risponde bene, è meno probabile che ti sbalzi fuori in curva. Cerca solo di non abbassarti troppo, altrimenti mi schiacci, qui dentro» gridò Shane dal suo posto d'onore dentro della slitta.

A fine giornata i cani ansimavano felici e andavano a dormire raggomitolandosi come palle di pelo, mentre Shane buttava giù un paio di antidolorifici per sedare il dolore procuratogli dallo sballottamento della slitta.

Lauren cercò di fargli capire che non era necessario che andasse con lei tutti i giorni, ma lui ignorò le sue preoccupazioni e il giorno dopo si presentò all'allenamento con dei cuscini.

«Adesso è impossibile che ti schiacci: sei infagottato come l'omino Michelin» lo prese in giro Lauren. Ma Shane non rise. Le corse in slitta erano una questione troppo seria perfino per ridere di una battuta innocente.

I giorni si susseguirono in una macchia sfocata, ma proficui. Shane si spingeva al limite e, così facendo, spingeva al limite anche Lauren. Non appena la ragazza si abituava a un certo trucco o a una certa tecnica, ecco che lui cambiava l'assetto. Quando riusciva a fare un buon tempo sul percorso, lui le toglieva due cani dal gruppo e la faceva correre di nuovo, dicendo che avrebbe dovuto ottenere lo stesso risultato con due cani in meno.

«Allenamento di potenza!» urlò da dentro la slitta. «Abbiamo iniziato con il team al completo che ci trainava entrambi. Pian piano riduciamo il numero, così si abituano a tirare più forte. In genere userei la motoslitta, però, capisci...»

Oppure, quando i cani *lead* si erano abituati ai comandi di Lauren, Shane cambiava la coppia, talvolta appaiando anche un cane normale a un cane *team*.

La sera, mentre cenavano, Shane la intratteneva con i racconti della pista, come li chiamava lui. Le raccontava di quella volta che era caduto, o di quando aveva usato il proprio corpo come gancio da neve, o di quando si era infradiciato cadendo nel lago durante una gara estiva.

«C'è una cosa che devi iniziare a fare, Lauren, e che farà di te una bravissima musher: devi imparare a reagire agli imprevisti. Là fuori, niente va come da programma» le disse una volta a cena, tamburellandosi il ginocchio con il bastone da passeggio che aveva iniziato a usare al posto delle stampelle. «Saperti adattare e muoverti rapidamente salverà te e il tuo team. È questo il motivo per cui continuo a scombussolare la composizione della muta. Non puoi fare affidamento solo su alcuni cani. Se uno di loro si fa male e sei costretta a lasciarlo a un checkpoint, devi essere in grado di modificare la composizione della muta di conseguenza. Sei sola coi cani, là fuori. Loro dipendono da te tanto quanto tu dipendi da loro. È per questo che sono un team. *Siete* un team.»

«*Siamo* un team, anche tu ne fai parte» disse Lauren, rivolgendogli un sorriso.

«Mhmm... questo mi piace» rispose Shane riempiendosi di nuovo la bocca.

Trentaquattro

Lauren invitò Scarlett a Puffin Ridge per una corsa in slitta. Era la prima volta che correva con qualcun altro a parte Shane, e Scarlett meritava quell'onore più di chiunque: aveva fatto del suo meglio per trovare informazioni su Edward Dalton e Rosie Ramsey, e Lauren desiderava esprimerle tutta la propria gratitudine.

L'invitata si presentò alla porta bardata di ogni possibile capo d'abbigliamento invernale. Aveva persino indossato pantaloni da sci rosa, alla vista dei quali Lauren e Shane non riuscirono a trattenere una risata.

«Oh, ho portato anche la posta che ha spedito la tua amica dal sud. È sul sedile dalla mia auto, vado a prenderla?» chiese Scarlett mentre sbatteva via la neve dai *bunny boots*, quegli enormi stivali termoregolatori fatti apposta per tenere i piedi al caldo anche alle temperature più inclementi. Evidentemente prendeva quello sport molto sul serio e aveva fatto le sue brave ricerche.

Lauren abbracciò l'amica: «Sì, grazie. Lasciala sul tavolo e poi raggiungimi sul retro della baita. Intanto comincio a preparare la slitta.»

«Divertitevi» disse loro Shane, accomodandosi sulla sua poltrona reclinabile.

«Aspetta, non vieni con noi?»

«No, non è necessario. E poi, vi sarei d'impiccio.» Nello spostarsi, fece una smorfia e appoggiò il bastone da passeggio al braccio.

«Se ne sei sicuro...»

«Certo che sono sicuro» la salutò con un gesto sbrigativo. «Vai, che li spacchi tutti, leonessa.»

Lauren rise e scosse il capo. Shane aveva decisamente bisogno di aggiornare il proprio slang, ma si sarebbe occupata degli aspetti linguistici più tardi. Adesso era troppo emozionata: avere l'amica con sé, alla baita, e far correre il team al completo per la prima volta (beh, aveva deciso di non conteggiare l'occasione in cui era caduta dalla slitta) erano ragioni più che sufficienti a farle mantenere la concentrazione.

«Eccomi qua!» annunciò Scarlett con voce squillante, saltellando sulla neve e dirigendosi verso i cani. «Non riesco ancora a credere di essere a casa di Shane Ramsey e di correre con i suoi cani.»

«Oggi» disse Lauren mentre agganciava Fred «sono i *miei* cani.»

«Dai! Sai cosa intendevo!» Scarlett lanciò un'occhiata verso la baita. La figura di Shane si intravedeva appena dietro la grande finestra che si apriva sul davanti. «Oggi sembra di buon umore. Avete cominciato ad andare d'accordo?»

Lauren sentì il calore diffondersi sulle guance e sperò che l'amica attribuisse il rossore al vento freddo e non all'imbarazzo: «Sì. Ha proprio voltato pagina.»

Scarlett fece correre lo sguardo sulla vallata innevata: «Strano. Non vedo né libri né giornali.»

«Ti voglio un bene dell'anima, Scar, ma devi smettere di cercare di fare battute a tutti i costi.»

Scarlett le fece la lingua, ma la ritrasse immediatamente: «Accidenti, che freddo!» protestò.

Lauren finì di agganciare le funi elastiche e posizionò sul fondo del cesto anche uno dei cuscini che solitamente usava Shane, per fare stare più comoda l'amica: «Pronta?»

«Cara, io sono nata pronta.»

Si diedero il cinque attraverso i guantoni a muffola imbottiti.

Lauren non avrebbe saputo dire chi delle due fosse più emozionata: «Allora salta su e andiamo!»

Tirò su il gancio e diede il comando alla muta: «*Hike, hike!*»

Stringendo forte il manubrio iniziò a correre dietro la slitta per aiutare i cani a prendere velocità e fece un rapido salto di lato. Inciampò, ma riuscì a recuperare l'equilibrio e rimontò sui poggiapiedi.

Scarlett era tutta un *oooh!* e un *aaah!* e gettava le braccia in alto come se fosse sulle montagne russe. Lauren si godette quel momento come mai avrebbe immaginato.

Tre ore più tardi, quando gli animali era sfiancati e il freddo era penetrato loro fin dentro le ossa, fece rientrare la muta, indirizzando i cani verso le cucce, mentre le due ragazze erano impazienti di rientrare alla baita per buttar giù qualcosa di caldo.

«È stato... è stato... fantastico!» Scarlett era entusiasta. «Quando possiamo rifarlo?»

Lauren rise, grata di avere un'amica così meravigliosa. «Presto, te lo prometto.»

«Però, non capisco perché Shane ci abbia rinunciato. È come volare. È come librarsi sui giardini del paradiso.»

«Mhmm... oggi siamo in vena di poesia, eh? Sai che si è dovuto fermare per un po' a causa della ferita.»

Accarezzò la testa di Fred e si complimentò con lui dicendogli quanto era stato bravo, mentre lo chiudeva nel suo recinto.

Scarlett la aiutò a sistemare anche gli altri cani, e Lauren si assicurò che tutti i chiavistelli fossero chiusi come si deve, sapendo che l'amica si sarebbe sentita in colpa se uno dei cani fosse scappato per una sua disattenzione.

«Sì, Lauren, ma quanto tempo è passato?» Scarlett rimase a guardarla mentre lei controllava ogni cane, anche quelli che quel pomeriggio non avevano corso. «Sei qui da tre mesi, ormai, no?»

«Sì, e allora?» Finì di sistemare Zeke e si diresse verso la baita con passo pesante.

«Allora... cosa farai se non dovesse migliorare?»

Lauren scosse il capo: «No, tu non sai quanto si impegna con la fisioterapia. Non sai quanto ama questo sport.»

«Anche io amo questo sport, ma non sono là a correre con i miei cani. Non sempre la vita va come si vorrebbe.»

«Scar, per favore. Shane migliorerà. E se glielo chiedi gentilmente, magari ti firma anche un autografo.» In un attimo l'atmosfera si alleggerì di nuovo, e Scarlett chiese: «Davvero? Credi davvero che lo farebbe?»

«C'è solo un modo per scoprirlo. Entriamo. Ho uno stufato in pentola che è su da questa mattina e che aspetta solo noi.»

Nonostante tutto, però, le parole di Scarlett continuarono a turbarla. Che fosse davvero troppo ottimista riguardo la guarigione di Shane? C'erano stati dei segnali e lei li aveva ignorati? No, era impossibile. Shane era un combattente nato. Proprio come lei. Sarebbe guarito. Non poteva andare altrimenti.

Trentacinque

Lauren e Scarlett entrarono precipitosamente in cucina, ancora eccitate dalla corsa. Trovarono Shane in piedi davanti al bancone con un'espressione corrucciata.

«Abbiamo fatto troppo rumore?» chiese Lauren, sperando che non fosse ritornato al suo vecchio atteggiamento da musone.

Shane scosse il capo e indicò, invece, una scatola che giaceva aperta sul piano.

Lauren seguì il suo sguardo e vide il contenitore di cartone rettangolare accanto al ceppo dei coltelli: «Hai ricevuto un pacco? Cos'è? Perché sei così irritato?»

«No, il pacco non è per me. È per *te*.»

«Hai aperto la sua corrispondenza?» chiese Scarlett portandosi ai fianchi le mani chiuse a pugno. «È illegale, no?»

«Sto aspettando una consegna da Amazon e, quando ho visto il logo con la freccia, ho creduto che fosse per me. Non l'ho capito finché non ho visto il contenuto...» Così dicendo, alzò gli occhi dallo scatolone e guardò Lauren senza battere ciglio. «Guarda dentro.»

Lauren avanzò verso di lui. Se Shane aveva reagito così, non era certa di voler sapere cosa contenesse.

«Dai» la spronò Scarlett. «Mi sono tenuta quell'affare in casa per settimane. Adesso sono curiosa di sapere cosa contiene.»

Era ridicolo, ma a Lauren tremavano le mani. Perché mai una stupida scatola proveniente da New York aveva il potere di innervosirla così? E perché sembrava che Shane avesse visto un fantasma?

Poggiò le mani contro il banco della cucina per calmarsi e guardò il contenuto del misterioso pacchetto. In cima c'era una coperta afgana, accuratamente piegata; Lauren la prese delicatamente tra le mani e se la portò alla guancia.

Morbida, familiare... e sconcertante.

Il secondo oggetto che trovò era un vecchio orsacchiotto con labbra enormi, esagerate, il pelo biondo e un vestitino bianco. Lauren conosceva bene quel *peluche*. Ci aveva giocato tanti anni prima e l'aveva chiamato *Lola*.

Poi, sul fondo, c'era una lettera piegata, insieme a due foto patinate. Riconobbe la prima: era una delle tante fotografie proveniente dalla sua scatola dei ricordi. La ritraeva da piccola, seduta sulle ginocchia di sua madre. Indossavano entrambe un abito viola a pois, sua madre aveva i capelli cotonati in un'acconciatura alta, mentre le ciocche ricce di Lauren erano trattenute da una fascia delicata lavorata a merletto. Era l'ultima foto che la ritraeva insieme alla mamma, e questo la rendeva speciale.

Ma chi ne era venuto in possesso? E come? E perché questo qualcuno si era preso la briga di spedirgliela?

Buttò l'occhio sul mittente indicato sulla scatola, ma era la sua amica Helen di New York, che le aveva semplicemente inoltrato il pacco in Alaska.

«Guarda quest'altra foto» disse Shane dolcemente, mettendosi al suo fianco e avvicinando le dita a quelle di lei. Scarlett le si avvicinò dall'altra parte e le appoggiò un braccio sulle spalle. Qualunque cosa ci fosse dentro, le avrebbe probabilmente cambiato la vita ma, qualsiasi cosa fosse, l'avrebbe affrontata con i suoi due amici al proprio fianco.

Inspirò profondamente e guardò la seconda foto.

Era una donna non più giovane, con gli stessi capelli di Lauren, castani e ondulati, che sorrideva alla macchina fotografica dalla cima dell'Empire State Building. Il vento le scompigliava i capelli e la costringeva a strizzare gli occhi, occhi che Lauren riconobbe. Si era sempre lamentata di non aver ereditato le iridi verde intenso del padre e di aver preso, invece, il castano della madre.

Di quella donna.

«Non capisco» disse Shane al suo fianco. «Mi hai raccontato che tua madre morì quando tu eri molto piccola.»

Lauren deglutì: «È così. Per lo meno, è quello che ho sempre pensato.»

«Leggi la lettera» la invitò Scarlett. «Sono sicura che c'è una spiegazione logica.»

Lauren ripose le foto nella scatola e le coprì con l'orsacchiotto e la copertina afgana. «Non ce la faccio» mormorò. Era il solo modo per non urlare, in quel momento. «Adesso non ce la faccio.» Il suo corpo fu scosso da un singhiozzo e Shane e Scarlett la avvolsero in uno stretto abbraccio.

«Non devi farlo adesso, se non te la senti» la rassicurò Scarlett.

«Né ora né mai, se non ce la fai» la corresse Shane. «Possiamo bruciarla. Possiamo farla sparire.»

«No» biascicò Lauren nel colletto della camicia di Shane. «Voglio sapere, ma ho bisogno di un po' di tempo, non sono ancora pronta per scoprire la verità.»

«Cosa ne dite di mangiare un po' di stufato e intanto parliamo d'altro?» suggerì Scarlett.

«Sì, ne ho proprio bisogno» rispose Lauren tirando su col naso. Guardò un'ultima volta la scatola, poi Shane la portò via.

Non sapeva bene come si sentiva. Forse sarebbe stato meglio se il corriere avesse smarrito quello scatolone in uno dei suoi viaggi. Però, a quanto pareva, adesso aveva una madre. Durante tutti quegli anni aveva sempre desiderato che sua madre fosse viva, e adesso lo era veramente: viva e invecchiata; e, per qualche motivo, stava cercando di contattarla.

Forse più tardi, con la pancia piena, avrebbe avuto la forza necessaria a compiere il passo successivo.

Trentasei

La cena fu piuttosto rapida e silenziosa. Dopo la scoperta sconcertante di quel pomeriggio, nessuno dei tre aveva più molto appetito. Ne beneficiò Briar, che finì per ricevere ben più della sua abituale porzione di avanzi.

«Vado a casa» annunciò Scarlett quando ebbero finito quel po' che erano riusciti a mandare giù. «Ma posso tornare in qualsiasi momento tu abbia bisogno. Chiamami, mandami un messaggino, uno Snapchat, segnali di fumo, quello che vuoi. Io ci sono.»

«Lo so, e ti voglio bene.» Lauren accompagnò l'amica alla porta e aspettò che finisse di raccogliere tutti i suoi averi.

Mentre le due ragazze si abbracciavano e si salutavano, Shane si schiarì la gola, poi rimase alla finestra insieme a Lauren a osservare Scarlett allontanarsi lungo il vialetto.

«Mi dispiace averlo aperto» mormorò Shane. «Pensavo davvero che fosse per me.»

«Non ti preoccupare. Te l'avrei detto subito, comunque. Dopo tutto, tu ti fidi di me e lasci che ti aiuti a cercare tua figlia. Il minimo che posso fare è ricambiare la fiducia e lasciare che mi aiuti nella ricerca sui miei genitori.» Lauren sussurrò l'ultima parola senza riuscire a pronunciarla ad alta voce. «Genitori... wow. Questa mattina ero orfana e adesso mi ritrovo ad avere una mamma che non ho mai conosciuto. Hai...?» la voce le si affievolì, ma Shane non disse niente. Si limitò ad abbracciarla stretta e aspettare che riuscisse a proseguire.

«Hai letto la lettera?» riuscì infine a chiedere Lauren, sperando quasi che lui potesse risparmiarle quell'incombenza gravosa.

«No, non sarebbe stato corretto leggerla in tua assenza. Ho visto le foto perché inizialmente pensavo che la coperta fosse una specie di imballaggio. Sai, come fanno a volte i rivenditori di seconda mano.» Rise piano, mentre la teneva ancora abbracciata, col volto che le sfiorava i capelli.

«Non capisco. Mio papà ha sempre saputo che era viva? Me l'avrebbe detto, un giorno? Perché nascondermi una cosa del genere? Davvero non capisco, Shane.»

«Sssh. Lo so.» Shane si allontanò e le accarezzò i capelli, con una tecnica rilassante simile a quella che gli aveva visto usare con i cani. «C'è un modo rapido e sicuro per scoprirlo.»

«Lo so. Devo leggere la lettera.» Sapeva di doverlo fare, ma aveva paura di come quelle parole sconosciute avrebbero potuto cambiarle la vita.

«Solo se te la senti.» Shane si allontanò zoppicando e andò a recuperare la scatola da dove l'aveva riposta prima di cena.

Quando tornò, l'appoggiò all'estremità del tavolo, accanto a dove sedeva Lauren.

«Stai qui con me? Non ce la faccio da sola» supplicò lei.

«Se lo desideri, certo che resto qui.»

«Va bene» disse Lauren prima di cambiare idea, accomodandosi in quella che le piaceva considerare la propria poltrona. Aveva le ginocchia molli e pensò che fosse così che Shane si sentiva tutto il tempo.

L'uomo rimase in piedi, reggendosi con il bastone: «Dai, che ce la fai.»

Lauren scosse il capo; le lacrime stavano già facendo capolino.

«Lauren, guardami.» Shane non proseguì finché

gli occhi di Lauren non incontrarono i suoi. «Sei la persona più forte che conosca» proseguì. «Sei in grado di affrontare qualsiasi cosa ci sia scritta in quella lettera.»

La ragazza trasse un respiro profondo ed espirò tra le labbra contratte. Distese la lettera e cominciò a leggere ad alta voce.

Bambina mia,

sono io, la tua mamma. Scommetto che non sapevi neppure di avere una mamma e, invece, è proprio così.

Sono arrivata a New York ieri. Ero così emozionata all'idea di vederti. Sarebbe stata una sorpresa.

Tuo padre mi ha detto che non c'eri, che non abiti più lì e che non avrei dovuto contattarti così, di punto in bianco, senza preavviso. Mi ha mandata via, ma ha detto che avrei potuto scriverti una lettera, e lui avrebbe deciso in seguito se dartela o meno.

So di aver fatto tanti errori quando eri piccola, e mi sono meritata che tu mi sia stata portata via. Ma credimi, Lauren, avrei sempre voluto che le cose fossero andate diversamente. E non ho mai smesso di amare quella dolcissima bambina alla quale ho detto addio ventitré anni fa.

Anche se mi sei mancata tantissimo, mi sono tenuta lontana, per rispetto verso tuo padre. Adesso, però, non posso più stare lontana. Ho bisogno di vederti ancora una volta.

Ti lascio qui sotto il mio numero. Chiamami, per favore. Dammi una possibilità. Prometto che ti spiegherò tutto.

Un abbraccio forte,

Mamma

Lauren ripiegò la lettera e la ripose nella scatola. Sapeva che l'avrebbe riletta, più tardi, quella notte, più volte, ogni volta cercando di capire qualcosa di più.

«Quindi tuo padre l'ha tenuta lontana?» fu il riassunto di Shane. Lauren si rese conto di quanto la sua situazione assomigliasse a quella che Shane si trovava ad affrontare per Rosie. «Ma io pensavo che foste molto uniti» continuò lui. «Perché mai avrebbe dovuto nasconderti una cosa del genere?»

«Non lo so.» Lauren scosse la testa e si concentrò sul ritmo del proprio cuore per calmare il respiro. «Non lo...»

Era come Shane la notte in cui il capanno aveva preso fuoco: con lo sguardo perso nel vuoto, ripeteva le stesse parole come in una cantilena, incapace di distogliere la mente dall'abisso, mentre tutto il suo mondo andava in fumo.

Shane emise un grugnito di dolore e si inginocchiò accanto alla poltrona: «Lauren, respira.»

Ma il respiro era corto, quasi che i suoi polmoni fossero dei palloncini che perdevano aria. Le girava la testa, aveva la sensazione che, intorno a lei, tutto girasse.

«Per favore, Lauren. Respira.» Shane le posò una mano sulla schiena e ne guidò il respiro con pazienza, finché il principio di attacco di panico non passò.

«Il peggio è passato» disse Shane asciugandole una lacrima dalla guancia. «Chiamala. Senti cos'ha da dirti. Scopri la verità: in fondo, è quello che vuoi.»

«E se la verità è peggiore delle bugie?» chiese Lauren, stentando a riconoscere la propria voce mentre parlava.

«È un rischio che corriamo tutti, a volte, quando c'è qualcosa a cui teniamo tanto. Ma, Lauren, non hai niente da perdere, hai solo da guadagnare. Hai una madre!»

«Ma se...» un singhiozzo soffocò il resto della frase. Non ebbe la forza di finire la domanda che aveva cominciato e che le si agitava affannosamente nella testa.

«Basta con i se e con i ma. La domanda che ti devi fare è: *perché?* C'è una sola persona che conosce la risposta e tu hai in mano il suo numero.»

«Non ce la faccio, Shane. Non sono abbastanza forte.»

«Non è vero. Sei forte. Molto più di quanto pensi. Sei forte, e buona, e hai il cuore più grande di chiunque altro io conosca. Lauren, ti meriti di essere felice. Ti meriti tutto.»

Lauren sentì il cuore accelerare nuovamente, ma questa volta non era panico.

Anche Shane sentì il proprio battito accelerare. Lauren lo capì da come socchiuse le palpebre, incespicando nel respiro.

Gli rivolse un sorriso debole, velato di tristezza, e Shane le si fece più vicino, appoggiandosi al bracciolo della poltrona, avvicinando il proprio corpo a quello di lei, senza sentire o forse ignorando il dolore che senza dubbio provava in quel momento.

Quando le labbra di Shane incontrarono le sue e la barba corta le solleticò il mento, Lauren chiuse gli occhi e lasciò che il resto del mondo si dissolvesse.

In quel momento c'era solo Shane. Nient'altro.

Trentasette

Shane si ritrasse da quel bacio rapidamente come vi aveva dato inizio.

Lauren sorrise e si sporse in avanti, desiderosa di rifarlo. Non ricordava di aver mai dato un bacio così in vita sua. Adesso che aveva cominciato con Shane, non ne voleva sapere di smettere.

Mentre lei si sporgeva in avanti, Shane si tirò indietro, e la cosa la fece sorridere. Con quell'uomo era una sfida continua, anche quando avrebbero dovuto essere in perfetta sintonia. Shane si alzo in piedi con fatica e Lauren lo seguì.

«Non guardarmi con quella faccia» disse lui cingendola in un abbraccio.

«Che faccia?» Avvolta in quell'abbraccio, Lauren sorrise così tanto che le fecero male le guance.

«Con la faccia di una persona che potrebbe amarmi» sussurrò lui.

«Forse posso davvero» confessò Lauren consapevole di essere già parecchio avanti.

Cercò di alzare lo sguardo verso di lui per osservare la sua reazione a quelle parole, ma Shane le premette le labbra sulla fronte, mentre la barba ruvida le solleticava le palpebre.

«Vai a telefonare a tua madre. È la cosa più importante, in questo momento.» La sua espressione non ammetteva repliche e, per di più, aveva ragione. Lauren avrebbe voluto sciogliersi dentro quei baci, dimenticare tutti i problemi tra le sue braccia; ma era venuta fino in Alaska per scoprire la verità, una verità che aspettava solo di essere chiarita con una telefonata.

«Resti qui con me?» chiese Lauren. «Non voglio farlo da sola.»

«Certo.» Shane si ritrasse di nuovo e andò a sedersi sulla sua poltrona.

«Speriamo bene» disse Lauren con un profondo sospiro. Digitò il numero che la madre aveva scritto in fondo alla lettera e aspettò che, dall'altra parte, il telefono cominciasse a squillare.

«Pronto?» rispose una donna dalla voce chiara e cristallina.

Lauren non aveva affatto pensato a come avrebbe

iniziato la conversazione e adesso si sentiva goffa ed esitante. Le parole le sembravano tutte sbagliate. Tutta quella situazione le sembrava sbagliata.

«Guarda, se è uno scherzo—»

Lauren guardò verso Shane, che la incoraggiò con un cenno del capo. «Sono io, Lauren.»

«*Lauren.* Lauren!» La voce, prima squillante, adesso tremava. «Pensavo che non volessi vedermi. Pensavo che sarei... Niente, non importa, adesso mi hai chiamata e te ne sono grata.»

«Sono andata via, quando papà è morto, e ho ricevuto il pacco solo questa sera» spiegò Lauren. «Non avevo idea che tu... Mi ha sempre detto che eri morta.»

«Sì, l'accordo era quello. Mi dispiace per tuo padre.» Sentì la madre sospirare all'altro capo della linea; avrebbe voluto raggiungere e abbracciare quella donna allo stesso tempo sconosciuta e familiare.

C'erano talmente tante cose da dire, da chiedere. Ma le uscì una sola parola: «*Perché?*»

Un altro sospiro. «È una storia lunga, con errori da entrambe le parti. È meglio che te lo spieghi di persona. Dove ti trovi? Dove possiamo vederci?»

Lauren scosse la testa nel tentativo di capire fino in fondo. Non voleva aspettare. Aveva aspettato per oltre vent'anni: «Non abito più a New York. Ho trovato questa scatola e... È una storia lunga anche questa.

Sono in Alaska, nei pressi di un paesino che si chiama Puffin Ridge.»

«In Alaska? Cosa ci fai quassù?»

«Cosa vuol dire *quassù*?»

«Quassù, in Alaska...è che...» Per la prima volta dopo tantissimo tempo, Lauren risentì la risata di sua madre. Aveva esattamente lo stesso suono della sua. Quante altre cose aveva ereditato da lei senza saperlo? «Io sono nata e cresciuta in Alaska» proseguì la donna «e adesso sono tornata.»

«Non ne avevo idea.»

«Ci sono tante cose che non sai, e mi piacerebbe davvero tanto parlartene. Questa sera è tardi, ma io abito appena fuori Wasilla, a un paio d'ore da dove stai tu. Posso venire a trovarti domani?»

«Possiamo incontrarci a metà strada» propose Lauren. «Dimmi dove e quando, e ci sarò.» Ebbe la strana sensazione di organizzare un appuntamento di lavoro; ma il lavoro, quella volta, era la sua vita. Si misero d'accordo per fare colazione insieme il giorno successivo e si salutarono.

Lauren guardò Shane e lui le sorrise.

«Non riesco a credere che domani la incontrerò.» Si alzò in piedi: la forza le era tornata in tutti gli arti e adesso si sentiva invincibile.

Shane sembrava molto meno felice di lei, per cui

Lauren si affrettò a riflettere sulle possibili motivazioni. «Mi dispiace per domani, per i cani, ma non volevo aspettare un secondo più a lungo del necessario.»

Lui chinò il capo verso di lei: «Va bene, non c'è problema.»

«Shane, vieni con me, domani?»

«Se vuoi, va bene, vengo con te. Adesso vai a riposare. Domani sarà un gran giorno.»

«E tu?»

«Andrò a letto anche io tra poco. Prima voglio finire di leggere un po' di cose.»

Lauren aspettò che si alzasse per abbracciarla, ma lui rimase seduto.

«Buona notte.» Lauren si abbassò verso di lui con un gesto teatrale e gli diede un bacio sulla guancia. «A domani.»

❧

Lauren faticò molto a prendere sonno, quella notte. I suoi pensieri correvano da Shane alla madre, a suo padre, per poi ricominciare da capo. Era felicissima al pensiero che la madre fosse viva e che l'avrebbe vista il giorno successivo. Ma almeno uno dei suoi genitori se non entrambi le aveva tenuto nascosta la verità per tutto quel tempo. Era una bruttissima sensazione. Cosa li aveva indotti a mentirle così?

Lauren non voleva serbare rancore nei confronti del padre, ma non riusciva a reprimere quell'emozione. Le aveva mentito per tutta la vita, privandola della madre.

E quest'ultima, invece? Era forse migliore? Aveva accettato i termini dell'accordo, mentre avrebbe dovuto lottare per la sua bambina. Lottare per lei, Lauren.

E poi c'era Shane. Dopo quel bacio, si era comportato in modo strano. Però, che bacio era stato! Non avrebbe potuto baciarla così se non avesse provato per lei gli stessi sentimenti che lei nutriva per lui. Tuttavia, l'aveva avvertita di non innamorarsi di lui. Voleva dire che lui l'amava? Aveva insistito perché telefonasse a sua madre per il suo bene o solo per sviare l'argomento?

Domande, domande. Come sempre, la vita di Lauren ne era piena. Quando, finalmente, si addormentò, era quasi mattina e tutti quegli interrogativi, per un momento, la lasciarono in pace.

Quando si svegliò, si sentiva esausta ma era cautamente ottimista su come la giornata si sarebbe dipanata. Oltretutto, Shane sarebbe stato con lei, il che voleva dire che, quanto meno, avrebbe avuto al proprio fianco un amico che l'avrebbe sostenuta, qualsiasi cosa fosse successa con sua madre.

Diede velocemente da magiare ai cani, dopo di che rientrò per fare una doccia rapida e prepararsi. In genere, da quando si prendevano cura insieme del team, Shane si alzava con lei. Quella mattina, tuttavia, doveva essersi attardato a dormire.

Che si fosse fatto più male di quello che aveva dato a vedere quando si era inginocchiato sul pavimento accanto a lei? O tutto quel suo girarsi e rigirarsi nel letto aveva tenuto sveglio anche lui?

Dopo poco era pronta per partire, ma lui non si era ancora fatto vedere. Presa dall'impazienza, si inoltrò lungo il corridoio con passo silenzioso, diretta alla sua camera da letto. Quando alzò la mano per bussare, notò un appunto che Shane le aveva lasciato.

Mi dispiace.
Avevo altre cose da fare.
Ci vediamo questa sera.
Buona fortuna!

Cosa può esserci di più importante? si chiese Lauren. Ancora una volta, Shane stava alzando un muro tra loro. Forse non aveva avuto neanche intenzione di baciarla. O forse aveva davvero *qualcosa* di molto importante di cui occuparsi. *Forse* gli dispiaceva davvero non poterle stare accanto quel giorno.

Decise che avrebbe creduto a quest'ultima ipotesi, perché l'alternativa era troppo dolorosa, e lei aveva bisogno di tutte le proprie forze per affrontare quella giornata, soprattutto adesso che sapeva che avrebbe dovuto farlo da sola.

Trentotto

Lauren arrivò al Broken Egg con un certo anticipo. Il ristorante era affollato. Sua madre l'aveva preceduta e l'aspettava, seduta nel separé d'angolo con due tazze di caffè. Sarebbe stato impossibile non riconoscerla: era senza dubbio la stessa donna della fotografia, e assomigliava incredibilmente a Lauren, solo con vent'anni di più.

A quanto pare, anche la madre la riconobbe. Quando la vide arrivare, si alzò e la abbracciò stretta: «La mia piccola Lauren non è più tanto piccola. Sono così contenta di vederti, tesoro!»

Lauren si irrigidì in quell'abbraccio. Era attraversata da talmente tante emozioni, in quel momento, che non avrebbe saputo dire quale fosse la più intensa.

Rabbia per essere stata abbandonata? Gioia per avere finalmente una madre? Non lo sapeva.

La donna si schiarì la gola e le fece cenno di sedersi di fronte a lei nell'angolo del separé: «Assomigli molto a come ero io alla tua età. Ti riconoscerei dovunque, credo.»

Lauren aggiunse un po' di latte e zucchero al caffè, mescolò e ne bevve un sorso.

La madre si rabbuiò per un attimo, ma si sforzò immediatamente di sorridere, anche più del necessario: «Mi dispiace, deve sembrarti tutto molto strano.»

«Non so nemmeno come chiamarti» ammise Lauren con un vivace cenno d'assenso.

«Cosa ne dici di *mamma*? O, se non te la senti, Barb?»

Lauren fece spallucce: «Non so che cosa mi sento di fare. È tutto... troppo!»

«Lo so, tesoro. Non riesco a immaginare cosa provi.»

«Non sono sicura di saperlo nemmeno io. Mi puoi aiutare a capire cos'è successo?»

Era troppo difficile pensare a quella sconosciuta come alla propria madre, per lo meno fino a quando non avesse saputo la verità.

Barb si lasciò sfuggire un lungo sospiro, una cosa che notò Lauren faceva spesso. «Temo di non fare una gran bella figura. Ti prego di capire che è successo tanto tempo fa, quando ero molto giovane, più giovane di te adesso.»

La cameriera arrivò portando a ciascuna un piatto di pancake con i mirtilli: «Serve altro, carissime?» chiese mentre posava sul tavolo le stoviglie che aveva arrotolato nel grembiule, e una manciata di porzioncine di burro impacchettate.

«Siamo a posto, grazie» rispose Barb educatamente. Una volta che la cameriera si fu allontanata verso la cucina, aggiunse: «Mi sono arrischiata e ho pensato che questi pancake ti piacessero quanto piacciono a me.»

Il sorriso di Barb era innaturale. Ci stava mettendo troppo impegno, e Lauren capì che quello che stava per dirle sarebbe stato difficile per entrambe. Così si preparò emotivamente, appoggiandosi alla panca del separé, e invitò la madre a proseguire, mantenendo il più possibile la voce più ferma: «Ho bisogno di sapere cos'è successo.»

La donna sospirò di nuovo: «Te lo dico. Ma, per favore, non andartene finché non ho finito.»

Lauren annuì, senza sapere se sarebbe stata capace di mantenere quella promessa, ma decisa a provarci. Barb fissò la montagna di frittelle nel piatto davanti a Lauren, che si sentì in dovere di non toccarle. In compenso bevve il caffè, mentre la ascoltava mettere a nudo quel passato finora taciuto.

«Incontrai tuo padre l'estate dell'ultimo anno di liceo. Lui era più grande, era già all'università, e io ero totalmente persa per lui. Ma l'estate finì e io avevo già programmato di andare a Los Angeles a cercare lavoro come cameriera in attesa che il mio talento cinematografico venisse scoperto. Quindi ci lasciammo e io andai per la mia strada. Alcuni mesi più tardi, scoprii di essere incinta. Non volevo abortire non volevo perderti per cui decisi di provare a fare la mamma.»

Lauren non aveva mai pensato al fatto che i suoi genitori potessero aver preso in considerazione l'aborto, anche se solo per un momento. Le faceva male pensare che sarebbe anche potuta non nascere, e che adesso non sarebbe stata lì, a cercare di scoprire la verità. Un piccolo miracolo, per fortuna. Era tutto molto confuso, ma almeno lei c'era e poteva sentire quello che sua madre aveva da raccontarle.

Barb cercò di prenderle la mano, e Lauren pensò bene che fosse arrivato il momento di affondare la forchetta nella montagna di pancake.

Accidenti.

«Lauren, credimi: ci ho provato. Ma continuavo a perdermi i provini, facevo tardi alle prove e la mia parte andava sempre a ragazze che si impegnavano di più. Ti amavo, ma non avevo mai voluto fare la mamma. Invece, il mondo dello spettacolo era sempre stato il mio sogno e sentivo che mi stava sfuggendo di mano.»

Lauren si infilò una forchettata di pancake in bocca e cercò di concentrarsi sul sapore e sulla consistenza di quel cibo delizioso che le si scioglieva sulla lingua, piuttosto che sulla fitta amara che le stringeva il petto. Sua madre non l'aveva voluta, e poteva immaginare il seguito del racconto. Ecco, sì, se l'avesse visto come un racconto, allora forse non le avrebbe fatto tanto male. Mandò giù il boccone e se ne infilò in bocca un altro, mentre Barb continuava: «Così ti presi e partii per l'Alaska, per cercare di rintracciare tuo padre. Poiché c'era il suo nome sul tuo certificato di nascita, sapevo che sarebbe stato più facile per tutti se fossi riuscita a convincerlo a tenerti con sé. Trovarlo non fu difficile: era un musher piuttosto noto, a quei tempi, e io lo aspettai alla linea del traguardo, con te in braccio, avvolta in una bellissima tutina da sci che ti faceva sembrare un angioletto. Lui mi riconobbe all'istante e mi invitò fuori a pranzo, per ricordare i vecchi tempi. Gli dissi che eri figlia sua, gli mostrai il certificato di nascita e tutto il resto. Lui era un tipo sveglio. Fece due conti e capì al volo. Gli spiegai che non potevo tenerti e che gli offrivo l'opportunità di prenderti con sé, prima di provare a darti in adozione.»

Adozione? Era come se la sua storia fosse rimbalzata da una brutta situazione all'altra. Tutto sommato, le era andata bene ad aver avuto l'infanzia che aveva avuto e capì che era stato possibile grazie a una sola persona. Ma non quella seduta davanti a lei in quel momento.

Barb diede voce ai pensieri che attraversavano la testa di Lauren: «Tuo padre era una brava persona. Lo capisci, questo. Fino a un'ora prima non sapeva nemmeno di avere una figlia e un'ora più tardi aveva accettato di tenerti con sé e di fare di tutto per tenerti fuori dalla trafila delle adozioni.»

«Tuttavia, pose una condizione: che io non tornassi sulla mia decisione. Mai. Mi fece promettere di stare lontana, sostenendo che, se tu avessi saputo la verità, avresti solamente sofferto.»

Aveva ragione, pensò Lauren. Aveva assolutamente ragione. E io che ho dubitato di lui. Ho dubitato del suo amore, mentre lui mi ha amata da subito così tanto da mettere da parte tutto il resto per me, per poter stare con me. Lauren avrebbe tanto voluto esprimergli la propria gratitudine, la propria riconoscenza per aver preso decisioni tanto difficili per entrambi. Avrebbe voluto chiedergli scusa per aver dubitato dei motivi che lo avevano spinto ad agire in quel modo, o per avergli serbato rancore per i segreti che le aveva tenuto nascosti.

Barb fece a pezzetti i suoi pancake e cominciò a mangiare mentre continuava a raccontare. Sembrava che la parte più difficile fosse superata, almeno per lei: «Io acconsentii, ma dopo alcuni anni mi pentii di quella decisione. La mia carriera non decollò mai veramente come avevo sperato; avevo rinunciato a te per niente. Tornai in Alaska, ma scoprii che tuo padre aveva lasciato il paese portandoti con sé. Aveva abbandonato tutto per impedirmi di tornare a prenderti, come se avesse avuto il presentimento che avrei potuto cambiare idea e avrei cercato di riaverti con me.»

Mangiarono entrambe un boccone e masticarono in silenzio.

Barb deglutì e posò forchetta e coltello di fianco al piatto. «A quei tempi non era facile come adesso rintracciare una persona. Non avevamo Facebook o cose simili. Così cercai e cercai, ma alla fine ci rinunciai. Finché...»

La donna si fece pallida e Lauren si chiese se i suoi sentimenti fossero sinceri o se non stesse recitando una parte. Non capiva se tutta quella scena stesse accadendo davvero.

«Finché, facendo le analisi del sangue, non mi hanno trovato un tumore. Avevo aspettato troppo a lungo e solo le preghiere potevano salvarmi. Per cui ho rinunciato a chemio e radioterapia e ho deciso di sistemare i miei conti prima di presentarmi al padreterno. Dovevo trovarti e cercare di rimediare al danno fatto, nel poco tempo che mi restava.»

Oh, no. A breve, Lauren si sarebbe ritrovata orfana di nuovo. Anche se voleva essere arrabbiata con sua madre per le decisioni infelici che aveva preso, non poteva negare che quella donna aveva fatto di tutto per ritrovarla. Era stata sincera, mentre avrebbe potuto tranquillamente parlare male di suo padre. Adesso erano lì insieme e, a quanto sembrava, non ci sarebbero state molte altre occasioni come quella. Si allungò verso la madre e le strinse la mano nella sua.

Barb sorrise tristemente. La storia era quasi giunta al termine: «Ho assunto un investigatore privato e vi ho rintracciati, tu e tuo padre, giù a New York. L'ho chiamato e gli ho chiesto di vederci per parlare. In seguito ho saputo che, di ritorno da quell'appuntamento, è stato coinvolto in un brutto incidente. E mi sono sentita in colpa perché a causa delle mie scelte hai perso entrambi i genitori. Ma ormai avevo già spedito il pacco e, anche se sapevo di non meritarmelo, ho sperato fino all'ultimo che mi chiamassi, magari che potessi anche perdonarmi e che mi dessi la possibilità di conoscerti prima di—»

«Basta così» la interruppe Lauren con dolcezza. «Non c'è bisogno che tu dica nient'altro. Sono felice che ci siamo ritrovate e hai fatto la cosa migliore lasciandomi a mio padre. La mia vita è stata bella, e voglio raccontartela.»

Si tennero per mano ancora per qualche minuto, una di fronte all'altra. Erano insieme, solidali, madre e figlia finalmente riunite. Lauren sentì la rabbia sciogliersi come il burro sui pancake fumanti che aveva davanti. Finalmente avrebbe avuto un vero ricordo di sua madre. Finalmente aveva di nuovo una famiglia. E questo significava molto per lei.

Trentanove

Lauren trascorse la giornata con Barb, aggiornandola su come aveva trascorso tutti quegli anni da quando si erano separate. Non le era ancora chiaro quali fossero i suoi sentimenti nei confronti della madre, ma aveva capito benissimo il motivo per cui suo padre le aveva taciuto la verità: per proteggerla, per tenerla al riparo.

Per amore, puro e semplice amore. Le dispiaceva immensamente aver dubitato di lui. Per quel che riguardava Barb, aveva deciso di perdonarla, anche se le sue scelte erano state profondamente egoiste. Perché lei, Lauren, aveva avuto comunque una vita serena, con un genitore che l'aveva amata più di qualsiasi altra cosa.

Le bruciava sapere di essere stata messa da parte

con tanta facilità per inseguire un sogno assurdo, impossibile. Ma, allo stesso tempo, sapeva che se non l'avesse perdonata in quel momento, avrebbe trascorso la vita a pentirsene.

Se l'avesse tenuta lontana per darsi modo di riordinare le proprie emozioni, avrebbe perso tempo prezioso. Barb stava morendo, perdonarla in seguito sarebbe stato troppo tardi. Si era data da fare per trovarla, le aveva chiesto scusa per tutto quello che era successo. Lauren doveva metterci una pietra sopra e cogliere l'opportunità di conoscere un po' sua madre, considerando come un dono e non come un fardello la piega che gli eventi avevano preso.

Tornò a casa tardi quella sera, Si erano messe d'accordo che Barb sarebbe venuta a cena alla baita in settimana e ora provava una strana sensazione ad aver risolto il mistero di suo padre. Le sembrava destino il fatto di essere lì, in Alaska, nello stato dove i suoi genitori si erano conosciuti e innamorati, a seguire le orme del padre, vivendo il suo sogno, quel sogno che lui aveva abbandonato per dare a lei una nuova vita.

Non vedeva l'ora di raccontare a Shane tutte le novità che aveva scoperto, ma a quanto pareva, avrebbe dovuto aspettare: quando arrivò alla baita c'era parcheggiata un'auto che non le era familiare, molto più elegante di tutte quelle che aveva visto fino a quel momento a Puffin Ridge. C'era qualcosa di strano.

Entrò in casa senza sapere cosa aspettarsi. Briar le saltò addosso e cominciò a correre in tondo freneticamente.

«Quel cane deve imparare un po' di educazione.» Una donna esile, dai capelli scuri, sedeva sulla poltrona sulla quale era solita sedersi Lauren. Indossava stivali al ginocchio con tacchi a spillo, un outfit improbabile con quel tempo da lupi. Vide che Lauren la osservava e scoppiò a ridere: «È la mia sostituta, questa, Shane?»

Shane arrossì violentemente sotto la barba: «Lei è Lauren, la mia addestratrice. Lauren, questa è Belzebù, la mia ex moglie.»

«Sei sempre stato spiritoso, vero?» commentò la donna aggrottando le sopracciglia.

Quindi quella era Isabel? Era evidente che non era la donna giusta per Shane. *Tutta sbagliata,* dal trucco eccessivo che aveva in faccia, alla punta degli stivali griffati.

«Hai bisogno di qualcosa?» le chiese Isabel con voce melensa.

«Volevo solo...» cominciò Lauren.

«Prendere una sedia.» Shane finì la frase per lei. «Tieni, siediti qui» la invitò, lasciando libera la propria poltrona. «Nne prendo una dalla cucina.»

«Non è necessario, Shane» disse Isabel. «Ti ho già detto che me ne vado subito, non appena avrai firmato i documenti.» Frugò nella borsa, estrasse un plico avvolto in carta da pacchi e glielo sventolò davanti.

«E io ti ho detto che non firmo prima che il mio avvocato ci abbia dato un'occhiata.» Invece di prendere un'altra sedia, Shane si era seduto sul bracciolo della poltrona dove si era accomodata Lauren.

Isabel lo guardò torva, ma la sua fronte rimase liscia e priva di rughe: «Mi hai fatto fare tutta questa strada. Per che cosa? Per farmi perdere tempo?»

«Sarebbe fantastico» rispose Shane, scuro in volto.

Isabel si appoggiò elegantemente sui braccioli come se fosse stata seduta su un trono: «Tu non sei niente, Shane. Meno di niente. Lasciarti è stata la cosa migliore che ho fatto. E la scelta migliore per mia figlia.»

Lauren non aveva intenzione di starsene a guardare mentre Shane veniva trattato a quel modo, in casa sua, per giunta: «Guarda che Rosie è anche figlia sua e merita di avere un padre, nella sua vita.»

«La tua addestratrice, hai detto?» Isabel sollevò un sopracciglio rivolgendosi a Shane e ignorando completamente Lauren.

«Ti ha appena detto che non firma, quindi penso che adesso tu possa anche andartene.» Lauren appoggiò una mano sulla schiena di Shane, sperando che quel gesto gli fosse di conforto.

Isabel si sporse in avanti, i capelli che le cadevano davanti al viso, facendola assomigliare alla ragazzina *freak* del film *The Ring:* «Non sono tenuta ad ascoltare lui, e di sicuro non sono tenuta ad ascoltare *te*. Questa è la cosa bella del divorzio. Se non avesse avuto intenzione di firmare quei documenti, non mi avrebbe invitata a venire quassù. Nessuno ha chiesto la tua opinione. Quello che pensi non interessa a nessuno, te lo assicuro. Adesso vai fuori dai cani, che è il tuo posto, stro—»

«Non penso proprio!» Lauren si alzò dalla poltrona e si avvicinò a Isabel a passi pesanti. Shane l'afferrò per il polso, ma lei se ne liberò bruscamente.

«Lascia qui quei documenti e sparisci.»

«Altrimenti?» rise Isabel.

«Va bene. Ti ho dato la possibilità di andartene con le tue gambe. Non l'hai colta» ringhiò Lauren. Poteva diventare feroce, soprattutto quando si trattava di proteggere i suoi cari—e Shane era senza dubbio uno di essi. Afferrò la donna per un braccio, la sollevò dalla poltrona e la trascinò verso l'ingresso.

«Cosa diavolo fai?»

«Porto fuori l'immondizia.»

Isabel si liberò dalla stretta e si strofinò il polso

sottile: «Non ti amerà mai, bella mia. Non ne è capace.»

Marciò verso la poltrona, afferrò la borsa e lanciò il pacco di fogli a Shane: «È stato un vero piacere. La prossima volta magari ti difendi da solo, eh? Torno domani, contaci. E voglio i fogli *firmati*.»

Quaranta

Lauren sbatté l'uscio alle spalle di Isabel e si girò a guardare Shane. Vide che il tremito che non gli aveva visto per settimane era tornato. Non poteva certo biasimarlo.

«Una tipa... affascinante» sbuffò. «Perché l'hai fatta entrare?»

«Ha detto che doveva parlarmi di Rosie, e ho pensato che fosse successo qualcosa, e di dover dare una mano. Ma poi si è presentata con quei documenti.» Mentre diceva così, teneva il malloppo di fogli davanti a sé ancora sigillato.

«Ti dispiace se gli do un'occhiata?» chiese Lauren, attraversando la stanza e restando in piedi davanti a lui. Quella scena le ricordava in modo bizzarro la sua stessa sorpresa la sera precedente, davanti al pacco di sua madre. Solo che ieri era spaventata, adesso era furiosa. Livida di rabbia.

Shane sospirò e le passò il plico: «Meglio che lo apra tu, in effetti. Qualunque cosa ci sia dentro, sono cattive notizie.»

Lauren diede una scorsa al contenuto: «Non ne sarei così sicura» borbottò. «Al contrario, potrebbe essere qualcosa di buono.»

Continuò a leggere, le labbra che si muovevano silenziose mentre cercava di discernere il verboso gergo giuridico: «Hai detto che hai perso la custodia di Rosie durante la procedura di divorzio, giusto?»

Shane fece un cenno di assenso e Lauren intravide appena il movimento con la coda dell'occhio. «Non me lo ricordare» gemette l'uomo.

Ma Lauren continuò: «E come l'hai scoperto?»

«C'era l'udienza finale, quel giorno, e io sarei dovuto andare in tribunale. Ma non ce l'ho fatta, non me la sono sentita di vedere che Rosie mi veniva portata via così. Da quella donna, per di più. Così sono rimasto a casa, e quella sera Isabel mi ha telefonato per dirmelo.»

Come no. Quella non era una donna, era uno mostro.

«Shane, ti ha mentito.» Lauren gli restituì il plico perché lui lo vedesse con i propri occhi.

«Ccosa?» Sfogliò velocemente le pagine, ma aveva gli occhi ormai pieni di lacrime che gli offuscavano la vista impedendogli di leggere.

«Questo documento è per la decadenza dalla potestà genitoriale. Se l'avessi già persa, non si sbatterebbe così per fartela firmare. È cambiato qualcosa ultimamente?»

Shane scoprì i denti in un ringhio sordo: «Ha detto che si risposa, e che quel brocco vuole adottare mai figlia.»

«E non può farlo perché tu sei ancora legalmente suo padre.»

«Vuol dire che...?»

«Avresti potuto vederla in tutto questo tempo. Shane; potresti vederla anche ora.»

L'uomo scosse il capo, abbassò lo sguardo e fissò il pavimento: «Per tutto questo tempo?»

«Sì» confermò Lauren. «Fammi un favore: alzati in piedi.»

Lui la guardò con aria interrogativa, ma fece quello che lei gli aveva chiesto.

«Adesso abbracciami e guardami mentre ti parlo.»

Shane le si avvicinò e la cinse in un abbraccio, così

che Lauren ebbe tutta la sua attenzione: «Adesso che ho visto quella strega, ti capisco molto di più. Va bene, hai fatto degli sbagli, Shane, ma non per questo devi punirti in eterno. Lei era la persona sbagliata per te, io no.»

Shane cercò di allontanarsi, ma lei lo trattenne stringendogli le spalle. «Lauren, non posso—»

«Lo so cosa pensi. L'amore ti ha ferito parecchio, ma io posso aiutarti a rimetterti in piedi.» Così dicendo, gli fece scivolare una mano sul cuore, come se quel gesto avesse il potere di guarirlo. «Smettila di allontanarmi, per favore. Tanto non vado da nessuna parte.»

L'uomo iniziò a piangere scuotendo la testa: «Isabel non è sempre stata così. *Io* l'ho fatta diventare così. L'ho allontanata. Ho fatto così anche con lei. Ho messo la carriera davanti a tutto, davanti alla mia famiglia e—»

«Sbagliare è umano. Hai fatto degli errori, ma avrai pur imparato qualcosa. Non devi soffrire tutta la vita. Hai imparato, Shane. Sei cresciuto. Sei cambiato.»

Shane le posò il mento sul capo e mormorò: «Come faccio a piacerti così tanto? Io non mi piaccio per niente.»

«Allora mi piacerai il doppio, così farò anche la tua parte, finché non comincerai a piacerti di nuovo. Adesso baciami.»

Shane si chinò e premette le labbra sulle sue. Lauren sentì che la tensione, pian piano, lo abbandonava, e il dolore che gli stringeva il cuore si affievoliva. Ci sarebbe voluto ben più di qualche parolina dolce e un po' di carezze per rimediare al danno che Shane aveva patito, ma lei sarebbe stata lì, pronta ad aiutarlo.

Quarantuno

Trascorsero alcuni giorni durante i quali Isabel si presentò regolarmente alla baita, ogni volta strepitando e bussando con violenza. Ogni volta, Lauren era stata tentata di sguinzagliarle contro i cani. E invece, alla fine, ogni volta l'aveva lasciata fuori dall'uscio, spiegandole con calma che Shane avrebbe presentato a breve la sua risposta e che lei sarebbe stata la prima a saperlo, quando fosse accaduto.

Non era quello che Isabel voleva sentirsi dire, quindi continuava a tormentare Shane dal cortile. Lauren non avrebbe voluto vedere quelle scene e si rendeva conto che Shane stava per cedere.

«Forse dovrei firmare e basta» disse, dopo che

Isabel era stata alla baita anche quel giorno, per l'ennesima volta.

«Se rinunci adesso, sei matto quanto lei. Forse anche di più.» Lauren si lasciò cadere sulle sue ginocchia e lo guardò dritto negli occhi, cosa piuttosto facile dato che in quella posizione i loro visi erano perfettamente allineati. «Shane, c'è in ballo tua figlia.»

«Lo so. È per quello che penso sia meglio se firmo.» Le fece scorrere le dita tra i capelli, senza distogliere lo sguardo dai suoi occhi nemmeno per un attimo. «E se Rosie vuole davvero bene a questo tizio? Se lui fosse un buon padre per lei? E io magari sto rovinando tutto. Non ci sono stato quando ne ho avuto la possibilità, e adesso è tardi.»

«Stai scherzando, vero? Non hai visto che io e mia madre ci siamo riunite dopo essere state separate per più di vent'anni? È un bene che venga qui questa sera, così potrà rammentarti di persona quanto sarebbe stupido mollare tutto e rinunciare a quel legame.» Gli diede un bacio veloce e lo lasciò ai suoi pensieri.

Neanche a dirlo, Barb arrivò presto, entusiasta, e si offrì di aiutare a preparare la cena: «Ho fatto la cuoca per anni» spiegò mentre tagliava le carote a julienne con mano esperta. «Quando non sono più stata abbastanza bella da scucire mance generose ai clienti, mi hanno mandato nel retrobottega. Buon per me, mi piaceva stare lì. E sono rimasta fino a quando ho deciso di tornare al mio paese d'origine.»

«Anche Lauren è una gran cuoca» disse Shane, abbracciandola da dietro mentre lei lavava la lattuga per preparare l'insalata. «Scommetto che avete in comune molte più cose di quanto ancora non sapete.»

Lauren girò il viso di lato, lasciando che Shane le desse un bacio sulla guancia. «Scommetto che vale lo stesso per te e Rosie.»

Sentendo pronunciare il nome della sua padroncina, Briar drizzò le orecchie e si lasciò sfuggire un mugolio sommesso.

«Vedi?» disse Lauren, liberandosi dalla sua presa e precipitandosi a consolare il povero animale. «Lei non ci ha rinunciato, e non devi farlo neanche tu.»

«Rinunciare?» chiese Barb mentre si sciacquava le mani e le asciugava in uno strofinaccio bianco. «Perché? Hai una figlia?»

«Sì, si chiama Rosie e ha sette anni. Non la vedo da più di tre anni, ormai.»

«E perché diamine non la vedi da tre anni?»

Shane guardò Lauren: «Non le hai detto niente?» chiese sorpreso, dal momento che le due donne si erano sentite praticamente tutte le sere quella settimana.

Lauren attraversò di nuovo la stanza e tornò vicino

a Shane. Si alzò sulle punte dei piedi per sembrare più autorevole, nonostante la bassa statura, e gli pungolò lo sterno con le dita. «Per quale motivo dovrei raccontarle i fatti tuoi? Quello è compito *tuo*.»

«Non ha tutti i torti» osservò Barb ridendo sotto i baffi e volgendosi verso il fornello, dove fece scivolare un po' di burro in una padella di ghisa. «Allora, Shane. Raccontami di tua figlia» lo incoraggiò, mentre faceva roteare il burro sul fondo per ungere l'intera superficie.

A Shane brillavano gli occhi mentre raccontava a Barb di quanto Rosie fosse fissata con tutto quello che era rosa; di come gli si gettava tra le braccia quando, la sera, tornava a casa dal lavoro; e di *Clifford, il grande cane rosso*, la sua favola della buonanotte preferita. «Tre anni fa era così» concluse. «Non so come sia adesso. Abbiamo appena scoperto che, di fatto, io ho ancora l'affidamento condiviso.»

Mentre Shane raccontava, Barb assentiva col capo a ognuno di quei ricordi. Quando ebbe finito, gli disse: «E adesso spiegami perché vuoi rinunciare alla possibilità di scoprire com'è ora.»

Shane si strinse nelle spalle e si allontanò dai fornelli: «Perché ho fatto un casino, e adesso non me la merito.»

«Però ti meriti di avvinghiarti a mia figlia, qui in questa cucina?» commentò Barb facendo l'occhiolino.

«Credimi, ce n'è voluto per convincerlo.» Lauren gli passò le dita tra i capelli.

«Stammi a sentire, tesoro. Ascolta questa attrice finita e senza speranza: non c'è alcuna ragione valida per rinunciare a tua figlia. Neanche una.» Il burro nella padella sfrigolava e cominciava a scurirsi. Barb prese le cipolle che Lauren aveva tritato e ve le buttò dentro.

Shane sospirò e si avvicinò al tavolo reggendosi col bastone: «Forse, ma—»

«Niente ma! Fai lo stupido adesso, e rischi di trovarti, un giorno, con un cancro che ti porta via in fretta, a chiederti se tua figlia ti avrà perdonato e se avrà voglia di vederti.»

«Se non sei presente, Isabel può raccontare a Rosie tutto quello che vuole e Rosie le crederà, così come io ho creduto a mio padre» aggiunse Lauren.

Barb annuì mentre prendeva un grosso pezzo di zenzero dal frigorifero: «È quello che vuoi? Che tua figlia sappia di te solo tramite quello che le racconta un'altra persona? O vuoi avere un legame vero con lei?»

Shane si sedette con prudenza sulla sedia di legno. «Vorrei, ma come?»

«Come ho fatto io: dalle una possibilità. Non decidere tu per lei, se ti vuole o meno nella sua vita. È troppo giovane. Cerca solo di esserci. Falle vedere che non è mai troppo tardi per chiedere scusa. Falle vedere cosa vuol dire essere forte. Cosa fa un brav'uomo per la propria famiglia.»

Shane assentì, e fu come se tutte quelle prediche che Lauren gli andava ripetendo da giorni, ribadite da una persona con più esperienza, improvvisamente cominciassero ad andare a posto. «E poi?»

«E poi starà a lei, angelo mio.»

Quarantadue

Convinto dalle argomentazioni delle due donne, Shane promise che si sarebbe battuto per riavere sua figlia.

Ovviamente, Isabel non ne fu affatto contenta: «Questo non cambia alcunché. Io e Tom andremo a vivere al sud, e la bambina verrà con noi. Non ti sarà possibile vederla comunque. Tanto lo so che non sottrarrai tempo prezioso ai tuoi amatissimi cani. E sai benissimo che non sei mai stato adatto a fare il padre.»

«Non mollare» gli ricordava Lauren ogni volta che Isabel arrivava. «Tua figlia merita di avere almeno un genitore sano di mente.»

Shane rideva. «Puoi non credermi, ma Isabel è davvero una brava madre. È una moglie orribile, una persona orribile, è orribile in tutto, ma non come madre. È l'unica ragione per cui sono stato lì lì per gettare la spugna.»

«Ma non lo farai, vero?» chiese Lauren incrociando le braccia. Quante volte ne avevano discusso, ormai? Un milione?

«No» la rassicurò lui. «Ti dirò di più. Ho parlato con il mio avvocato, che si sta preparando per la prossima udienza per ridiscutere l'affidamento. Sta lavorando a una clausola per cui Isabel non può portare Rosie a più di trecento chilometri da qui.» Si arrestò con un'espressione corrucciata.

«Ma è una notizia bellissima» esclamò Lauren. «Perché quella faccia lunga, ragazzo?» Fece finta di dargli un pugno sul mento per scherzo, ma lui non sorrise.

«La data che hanno fissato per l'udienza è la stessa della tua gara.»

«Quindi? Chi se ne importa?» rispose Lauren d'impulso.

«Importa a me.» Le baciò la fronte. «Voglio essere lì con te per il tuo grande giorno.»

«Non pensare di saltare l'udienza.»

«Potrei chiedere di spostarla più—»

«No, non se ne parla. Shane, di gare ce ne saranno altre, ma di figlia ne hai una sola.»

Vedendo che rimaneva imbronciato, Lauren si

arrabbiò. Pensava davvero di buttare alle ortiche tutti i progressi che stava facendo per riavere sua figlia per una stupida gara alla quale non prendeva neanche parte?

«Avrai bisogno di aiuto per preparare i cani e—»

Lauren gli posò un dito sulle labbra perché zittirlo. «*E* niente. Chiederò a Scarlett se mi accompagna. Ne sarà entusiasta. E più tardi andremo tutti fuori a cena per festeggiare la tua vittoria per la custodia e la mia per la gara.»

Shane rise e le baciò il dito: «Ti amo per come ragioni. E poi ti amo e basta.»

«Era ora!» esclamò Lauren con un sospiro teatrale. «Pensavo che non me l'avresti mai detto.»

Lui la guardò confuso: «Cosa? Che ti amo? Te l'ho già detto, ne sono sicurissimo.»

Lauren scosse il capo e sorrise: «Certo che no. Questa è la prima volta. Se non ti è troppo disturbo ripetermelo, mi farebbe piacere sentirmelo dire un'altra volta.»

«Sei una dittatrice» le disse lui, chinandosi a mordicchiarle il labbro. «Però è così: ti amo, Lauren.»

«Anch'io ti amo, musone.»

Shane premette la fronte contro quella di lei e fece un respiro profondo: «Sai che quando me lo dici, ci credo davvero?»

Lauren gli picchiò scherzando la spalla: «Ehi!»

«Non c'è niente da ridere. Quando me lo diceva Isabel, facevo fatica a crederle. C'era qualcosa nel modo in cui me lo diceva, un'esitazione...»

«Non farmi pensare a quella strega.» Lauren digrignò i denti.

Shane continuava a sorridere, nonostante il pericoloso cambio di argomento. «Quando avrò vinto la causa per l'affidamento, la vedrai molto più spesso. Lo sai questo, vero?»

«Sì, lo so.» Lauren rispose con indifferenza, ma gli occhi di Shane continuarono a scrutarla, aspettandosi che lei gli rivelasse chissà quale altro segreto. A essere onesti, quei due avevano condiviso ormai abbastanza segreti da bastare per una vita intera.

«Ti va bene?» le chiese lui lentamente. Lauren roteò gli occhi, poi gli sorrise, perché capisse che le sue parole erano sincere, tutte—senza eccezione.

«Certo che mi sta bene. Ho te.»

Shane avvicinò il volto al suo e le loro palpebre si sfiorarono: «Non so perché ti sei convinta che stare con me sia questo grande affare, ma sono felice che lo pensi.»

«Sì, ne sono sicura.»

I loro visi erano così vicini che Lauren sentiva ogni sillaba pronunciata dalle labbra di Shane sfiorare le sue.

«Allora dimmi: mi amerai ancora anche se perdo la causa?»

Lauren annuì. «Ti amerò ancora di più perché ne avrai ancor più bisogno.»

«E se non dovessi mai più guarire? Mi ameresti ancora?» La sua voce tremò nel pronunciare quelle parole, e Lauren si scostò un po' per osservarlo meglio.

«Non sembra un'ipotesi, questa. C'è qualcosa che non so?»

C'era un'esitazione negli occhi dell'uomo, quasi che quel tremore che talvolta gli prendeva le mani si fosse spostato più su. La voce gli uscì ruvida, come se ogni parola gli costasse un'enorme fatica: «Non miglioro, Lauren. Alla fine della riabilitazione riuscirò a camminare senza appoggio, ma non sarò mai più in grado condurre una slitta.»

«Ma è tutta la tua vita!»

«Tu sei tutta la mia vita» rispose Shane in un sussurro.

«No, Shane. Puoi avere entrambe le cose: me e le corse. Non devi scegliere.»

L'uomo scosse il capo e una lacrima gli scese lungo la guancia: «Non è questione di scegliere. Quando mi hanno portato in ospedale, dopo l'incidente, i medici mi avvertirono che avrei avuto il cinquanta percento di probabilità di tornare a camminare. Finora la probabilità ha giocato a mio favore. Ho anche pensato di poter calcare la mano alla fortuna un altro po', dandoci sotto, spingendo il mio corpo verso una guarigione miracolosa. Ma adesso devo accettare la realtà. Non sono più un musher. E va bene così.»

«Come fai a dire che va bene così, se devi rinunciare a una delle cose che ami di più al mondo?» ribatté Lauren, ma sempre meno convinta.

«Va bene perché ho te, Lauren.»

«Bel premio di consolazione che sono...»

Shane le prese il viso tra le mani e la costrinse a guardarlo: «Lauren, sei tutto quello che ho sempre desiderato, ma che non ho mai sperato di poter avere. Quando sarà il momento giusto, e avrò sistemato tutto con Isabel e Rosie, ti sposerò e tu prenderai il mio posto sulla slitta.»

Lauren avrebbe voluto riavvolgere il nastro per essere sicura di aver capito bene. Ma perché accidenti nella sua vita non c'era il tasto di riavvolgimento? «Aspetta un momento. Cos'hai detto? Una cosa alla volta. Mi hai appena chiesto di sposarti?»

Gli occhi di Shane, blu come la tempesta, brillavano di felicità: «Credo di sì. Non è esattamente una proposta di matrimonio tradizionale, hai ragione.»

Lauren rise: «A dire la verità, non me l'hai neanche

proposto. Non so come rispondere a una non-proposta.»

«Lauren Dalton, prometti di amarmi per sempre? Vuoi me e tutto ciò che questo comporta? Vuoi sposarmi?»

«Va bene» rispose lei ridendo.

«Questa sarebbe la tua risposta?»

Lauren strinse gli occhi e lo fissò. Doveva aver ereditato le doti recitative di sua madre: «E *questa* sarebbe la tua proposta?»

«Prometto che ti farò una proposta come si deve quando meno te l'aspetti» disse lui, intrecciando le dita alle sue.

Lauren lo guardò alzando un sopracciglio: «Sono curiosa di sentirla, ma non farmi aspettare troppo. Fa strano convivere con il mio fidanzato senza la benedizione del matrimonio... Sai, mio padre mi ha dato un'educazione tradizionale.»

«Mi sarebbe piaciuto conoscerlo» disse Shane, baciandole gli occhi.

«Gli saresti piaciuto.»

«A me lui piace, per la figlia fantastica che ha cresciuto. La mia promessa sposa» replicò Shane, stampandosi in faccia un gran sorriso impudente. «Non ho un anello, adesso, ma ne comprerò uno. Fino ad allora, ti do tutto quello che ho.»

«Cosa vuoi dire?»

«I cani, la slitta, il camion, la baita. Tutto.»

«Vai via?»

«Sono costretto a lasciare tutto, i miei giorni sono finiti, ma tu hai appena iniziato.»

«Quindi...?» La stanza cominciò a girarle tutto intorno. Panico. Stava per morire anche lui?

Per fortuna, Shane la tranquillizzò subito: «Voglio che tu salga su quella slitta, e io sarò il tuo addestratore. Assumeremo qualcuno part-time per i lavori che non riesco a svolgere personalmente. Un tempo sognavo di diventare il più grande musher di tutto il paese, ma non ce l'ho fatta. Tu puoi farcela. Ti fidi di me? E di te stessa?»

«Sto cominciando a crederci» rispose Lauren. Ed era la verità.

Quarantatré

Lauren tentò ancora una volta, infruttuosamente, di guardare l'orologio sepolto sotto lo spesso polsino della muffola. Shane doveva essere in tribunale a quell'ora, e lei avrebbe voluto essere al suo fianco per sostenerlo e infondergli coraggio mentre affrontava quell'orribile strega della sua ex moglie.

«Sì, è una muffola, Lauren» disse Scarlett, agitando la mano in direzione dell'amica mentre agganciava un altro cane. «Adesso, per favore, concentrati. Tra poco si parte.»

«Stavo pensando a Shane e—»

«No, non pensarci. Adesso è il momento di pensare alla gara. Devi restare concentrata sui tuoi cani. Devi avere la testa qui, adesso.» Scarlett gesticolava come una matta, nel tentativo di articolare segnali d'intesa, e le sue mani impacciate dalle muffole erano lo spettacolo più buffo e adorabile che si fosse mai visto.

Lauren rise di cuore e diede una scrollata a braccia e gambe per rimettere in circolo l'energia.

«Hai ragione, hai ragione. È una fortuna che ci sia qui tu ad aiutarmi a rimanere concentrata.»

«Esatto. Sei fortunata.» Scarlett rise e batté la mano sulla spalla dell'amica prima di tornare a occuparsi di un altro cane.

Un uomo con penna e taccuino si avvicinò: «Bene, vediamo chi c'è qui. Lauren... Dalton. Sei parente di Eddie Dalton?» chiese il funzionario, mentre segnava qualcosa nei suoi appunti.

Lauren annuì: «Era mio padre, è venuto a mancare da poco.»

«Mi dispiace.» Al funzionario luccicarono gli occhi nel tenderle la mano. «Però sai una cosa? Venivo sempre a vederlo correre, a ogni occasione che mi si presentava. *Lui* è la ragione per cui continuo a fare volontariato a questi eventi. Sono sicuro che, in questo momento, sta guardando giù da lassù e fa il tifo per la sua bambina. E non sarà neppure l'unico.»

Lauren sentì le lacrime spuntare agli angoli degli occhi: «Grazie, signor...?»

«Benjamin, Ben Benjamin» rispose l'uomo con un

cenno del capo. «Sì, scommetto che te ne ricorderai per un pezzo.»

Gettò un'occhiata al cronometro che gli pendeva dalla grossa giacca imbottita e sgranò gli occhi: «Accidenti, abbiamo solo due minuti prima della tua partenza.» Poi si ricompose, riguadagnò una postura eretta e spiegò a Lauren: «Devo dirti alcune cose: abbiamo bloccato certe curve che non devi imboccare. Ci saranno degli osservatori in quei punti, giusto per formalità. Poi c'è una bandiera, a circa un miglio dall'arrivo. Consigliamo ai musher di non oltrepassare quel punto. Ma se ti trovi a doverlo superare, va bene lo stesso.»

Lauren annuiva passivamente, mentre le informazioni le piovevano addosso, e si chiedeva se fosse davvero fatta per quel mondo. Scarlett le diede qualche pacca sulla schiena per incoraggiarla e la informò che il team era pronto. Lauren guardò la fila di cani e richiamò l'attenzione di Fred e Stella, che erano i più grossi e i più vicini alla slitta, e avevano già cominciato a tirare i finimenti.

Li chiamò a uno a uno: «Fred, Stella: pronti? Hank, Wend, Kelly, Norm, Bob, Maude, Richard, Emily? E voi due, Jack e Carol?» Gli animali uggiolarono in risposta e tesero ancora di più le imbragature, pronti a balzare in avanti non appena avessero ricevuto il comando.

Scarlett rimosse il gancio da neve e lo ripose nel cesto della slitta, poi si incamminò verso la testa del gruppo, tenendo il guinzaglio dei due cani *lead*. Lauren slegò la catena e portò tutto il proprio peso sul freno.

Benjamin aveva raggiunto la propria postazione e le fece un cenno con la mano, alzando il pollice verso alto. Lauren gli rispose con il medesimo gesto.

Lo squillo acuto di una tromba risuonò e Scarlett lasciò andare i cani. Lauren saltò giù dal pedale del freno e iniziò a correre, spingendo la slitta come una bobbista: «*Hike! Hike! Hike!*» incalzò, incitandoli.

All'unisono, i cani sfrecciarono in avanti come proiettili e, per un terribile attimo, lei temette di inciampare e cadere un'altra volta. E invece no. La slitta prese velocità, fino a quando Lauren non riuscì più a tenere il passo. A quel punto, si aggrappò al manubrio e saltò con sicurezza sui poggiapiedi.

Senza il peso di Shane, i cani correvano più veloci del solito. E quando guardò giù nel cesto dove lui aveva l'abitudine di sedersi, vide un piccolo husky acciambellato che la fissava. Lauren rise di gusto. Avrebbe tanto voluto chiamarlo per ringraziarlo: con quel piccolo, dolce passeggero, era come se Shane fosse lì con lei, a urlare correzioni e darle consigli lungo il percorso.

Il sole splendeva e si riverberava sulla neve, generando milioni di piccoli arcobaleni. Guardò oltre i cani e vide tutto quello che l'Alaska aveva da offrire. Stagliate contro l'orizzonte, in quel paesaggio meraviglioso, vide le cose davvero importanti: il suo futuro da musher e la sua vita insieme a Shane e Rosie. Vide il volto di suo padre sorridere nel cielo azzurro sopra di lei.

Quella era casa sua. Dopo anni passati a sentirsi fuori posto nel mondo, il futuro si profilava chiaro come la luce del sole d'Alaska. Come se il mondo si fosse aperto e le avesse detto: «Ben arrivata, Lauren.»

Quarantaquattro

La gara si svolse rapidamente, in una visione confusa e indistinta. Lauren finì presto e lasciò i cani a Scarlett senza nemmeno aspettare di sapere che tempo aveva fatto.

«Devo andare in tribunale. Voglio sapere come se l'è cavata Shane» gridò nervosa, mentre aiutava Scarlett a fissare la slitta e dandole le chiavi del camion per i cani.

«Vai, corri!» la incitò l'amica. «Guardo io che tempo hai fatto, poi carico i cani e li porto a casa. Tieni...» Scarlett pescò un mazzo di chiavi dalla tasca della giacca e le lanciò a Lauren. «Farai più in fretta con quattro ruote sotto al sedere. Fai le congratulazioni a Shane da parte mia» aggiunse con un sorrisino malizioso.

«Gli do anche un bacino, da parte tua?» gridò Lauren da sopra la spalla correndo verso il parcheggio.

«Non esagerare!» le strillò dietro Scarlett.

Lauren fece scaldare brevemente il motore della vecchia Subaru dell'amica, e una manciata di minuti più tardi percorreva le strade della città, guidando oltre il limite consentito. Accostò davanti al tribunale, entrò e attraversò di corsa le porte. Guardò dappertutto, ma di Shane non c'era traccia. Il quel momento, il telefono le vibrò in tasca.

Shane!

«Com'è andata?» le chiese lui nell'attimo in cui rispose.

«Dove sei?» gridò nello stesso istante Lauren.

Risero entrambi.

«Siamo da Garcia, dalle parti di Eagle River» disse Shane.

«Siamo?»

«Sì, io e Rosie. Lei voleva mangiare messicano, e io volevo immergermi nella sua *rositudine*. Mi è mancata tantissimo.»

Lauren sentì la bambina ridacchiare in sottofondo e il cuore le si allargò. Proprio come succedeva al Grinch. O al suo musone.

«Arrivo subito» disse Lauren, dirigendosi nuovamente verso la station wagon di Scarlett.

Nel tragitto verso il piccolo ristorante di periferia, l'amica la chiamò per dirle che stava per rientrare alla baita di Thornfield Way con i cani. La vecchia automobile non aveva il Bluetooth, per cui Lauren attivò il vivavoce e si appoggiò il telefono sulle ginocchia.

«Sei arrivata terza!» le urlò Scarlett, talmente forte da rendere superfluo il vivavoce. «Se fossero state le Olimpiadi, adesso avresti una medaglia di bronzo al collo.»

«È fantastico! Grazie per essere stata con me oggi. Anzi, grazie per essermi vicina ogni giorno.»

«Te lo meriti, ragazza. Adesso dimmi di Shane: è al settimo cielo?»

«No, è dalle parti di Eagle River, sto andando da lui adesso.»

«*E?*»

«Ha riavuto sua figlia. Non so di preciso cos'è successo, ma adesso è là con lei. Scar... Non l'ho mai sentito così felice.»

«A quanto pare, gli devi trovare un altro soprannome» osservò Scarlett ridendo.

«Cosa ne dici di *Superfantastico*?»

Scarlett gemette esasperata e scoppiò a ridere: «Oddio, questo è peggio delle mie battute! Divertiti, e guida piano.»

«Va bene. Anche tu.»

Un quarto d'ora più tardi, Lauren entrò con passo leggero nel ristorante e Shane si alzò per abbracciarla. «Ecco la mia campionessa!»

«Diciamo che mi sono piazzata» puntualizzò Lauren, «ma campionessa mi piace, signor Superfantastico.» Gli sorrise civettuola, immaginando cosa avrebbe pensato del nuovo soprannome.

«Signor Superfantastico?» Shane rise e le lanciò un'occhiataccia. «È un'idea di Scarlett? Così kitsch può essere solo sua.»

Lauren gli restituì l'occhiataccia impertinente, poi salutò Rosie che sedeva sulla panca con le gambe ripiegate sotto il sedere. «Ciao, io sono Lauren.»

«Sei la fidanzata di mio papà?» chiese la piccola. Lauren notò che aveva ereditato i tratti bruni e la costituzione delicata di Isabel, ma gli splendidi occhi azzurri erano la fotocopia di quelli del padre.

«Sì» rispose Lauren, «se ti fa piacere.»

«A me fa piacere.» La bambina si scostò un poco sulla panca e la invitò a sedersi di fianco a lei. «E sei molto bella» soggiunse.

Sì, quella bambina le piaceva già. «Grazie, anche tu!»

«Quindi sposerai il mio papà? Come Tom sposerà la mia mamma?»

Lauren inarcò le sopracciglia: «Solo se sei d'accordo.»

Allora fu Rosie a roteare gli occhi: «Sono una bambina, signora Lauren. Non posso prendere decisioni importanti» sospirò.

Lauren e Shane risero e le guance della piccola si colorirono di una sfumatura di rosa che fece onore al suo nome.

Il cameriere arrivò a prendere l'ordinazione, e Shane chiese per Lauren un misto delle varie pietanze nel menù, insistendo perché provasse un po' di tutto, come avevano fatto per Maurice.

«Rosie, sai che conosco una tua amica?» disse Lauren alla bambina intenta a colorare fiori e cuori sulla sua tovaglietta di carta. Tirò fuori il telefono e scorse le immagini della fotocamera. Infine trovò quella che cercava e la mostrò a Rosie.

«È il mio cane!» strillò. «Si chiama Rose, come me. Briar Rose.»

«Proprio così» confermò Lauren senza riuscire a trattenere un immenso sorriso raggiante. «E mi ha detto che le manchi moltissimo. Ti va di venire a trovarla, a casa del tuo papà...?» Guardò Shane in cerca di conferma, e l'uomo le fece cenno col capo di proseguire. «Magari il prossimo fine settimana?»

«Mi sembra una buona idea» disse Shane, e si protese verso Lauren per prenderle la mano. «Prima devi chiedere il permesso alla mamma. Ma ho la sensazione che questa volta non avrà obiezioni.»

Quarantacinque

Un anno dopo

Lauren guardò il mare di persone che si stendeva di fronte a lei, mentre il respiro le si condensava davanti al viso in quella chiara mattina di marzo. Ancora non riusciva a credere di essere arrivata fin lì. Stava per correre l'Iditarod, e nei blog delle corse si diceva che avesse buone probabilità di piazzarsi tra i primi dieci, nonostante fosse al suo primo anno e l'Iditarod fosse la gara più importante di tutte.

Le strade di Anchorage erano state transennate per la cerimonia d'inizio. Quando i preliminari fossero terminati, sarebbero rimasti solo lei e i cani a fronteggiare la natura sconfinata e incontaminata dell'Alaska.

La sua corsa trionfale verso il villaggio di Nome non sarebbe durata meno di otto giorni.

La figura familiare di Ben Benjamin, con il suo blocchetto degli appunti, si avvicinò: «Guarda un po' chi c'è! Lauren Dalton. Mi fa piacere vederti in serie A, ragazza. Il buon Eddie sarebbe orgogliosissimo di te.»

«A dire la verità, adesso sono Lauren Ramsey.»

«Accidenti, addirittura! Ma guarda. Un bel po' di cambiamenti in un solo anno. Quando ti ho visto l'ultima volta, ti sei piazzata terza. Come pensi che andrà, questa volta?» Mise una spunta nella sua tabella mentre aspettava la risposta.

«Sinceramente, signor Benjamin, non è quesitone di vincere o perdere. Il punto è come affronterò la gara.»

L'uomo rise di cuore: «Sicura di esserti allenata con *quel* Shane Ramsey?»

Shane salutò da dentro la slitta, dove era seduto con Rosie di fronte a sé: «Beh, sono suo marito.»

«Il miglior marito e il miglior allenatore che si possa avere» affermò con orgoglio Lauren.

«Buon per te» fu il commento di Ben Benjamin. «Farai parecchia strada!»

«Per esempio, fino a Nome?» chiese Scarlett, che ormai era diventata la migliore amica di Lauren, e sedeva dietro la doppia slitta che quest'ultima aveva preparato per il suo team.

«Questa volta non partecipa, signora Cole?» chiese gentilmente il funzionario a Scarlett.

«*Questo* è solo l'inizio» scherzò Scarlett. «La prossima volta andremo alla conquista del mondo.» Scoppiò nella sua risata da strega cattiva e Rosie la imitò.

«Vado, allora» concluse Ben Benjamin. «Buona fortuna. Ricordati che faccio il tifo per te» aggiunse rivolto a Lauren.

Si salutarono e attesero il risuonare del corno a segnalare l'inizio della gara.

«Hai portato la mamma?» chiese Lauren voltandosi verso Scarlett.

«È qui nel mio cesto» rispose l'amica, indicando l'urna che conteneva le ceneri di Barb. Lauren aveva trascorso cinque mesi pieni di momenti straordinari, arrivando a conoscere sua madre prima che il cancro se la portasse via. Ed era grata per ciascuno di quegli istanti.

Aveva imparato che non è mai troppo tardi per riscattarsi, così come non è mai troppo tardi per capire i desideri del proprio cuore. E più di tutto, aveva imparato a fare da madre alla bellissima bambina di otto anni che trascorreva con loro con lei, Shane e Briar tutti i fine settimana e due mercoledì al mese.

In un anno erano cambiate molte cose, e tuttavia, in quel momento, Lauren si sentiva sé stessa più di quanto non le fosse mai successo prima.

Chiamarono il suo nome e lei partì. I cani volevano esibirsi davanti alla folla che si assiepava ai bordi delle strade coperte di neve: scattarono come un unico corpo, le lingue penzolanti, e attraversarono di corsa la città.

Lungo il percorso, i genitori sporgevano i bambini più piccoli verso i concorrenti, e lei dava il cinque a tutti. Questa cosa le riscaldava il cuore. Anche Rosie rideva e cercava di dare il cinque agli spettatori. E quando ci riusciva, Lauren a sua volta ne dava uno a lei. A sua figlia.

Sua figlia. *Suo* marito. I *suoi* sostenitori.

Quella era la sua vita adesso, la vita vera.

Un anno prima, a New York, aveva perso tutti i propri affetti. Non aveva certo immaginato di ritrovarli lì, in Alaska, tra quelle persone nuove che adesso erano la sua famiglia. Eppure era andata proprio così.

E la ragazza che non aveva mai creduto alle fiabe, alla fine, visse felice e contenta.

Chi è Melissa

Melissa Storm, autrice di best seller per il New Your Times e USA Today, è la persona più felice del mondo quando ha un libro tra le mani e un cane o un gatto sulle ginocchia.

Le sue avventure più emozionanti scaturiscono dalla sua immaginazione iperattiva, un fardello che, da piccola, l'ha messa spesso nei guai. Adesso che è cresciuta, invece, piovono lodi per i suoi racconti pieni di inventiva, ispirati e romantici, raccontati con umorismo e dolcezza.

Questa scrittrice timida, che ama starsene in casa, vive nel cuore dell'Alaska con il bambinə e uno zoo domestico di cani e gatti viziati. Il sogno di Melissa è di poter, un giorno, allevare api nel giardino dietro casa.

Ma, per ora, ha promesso a sua bambinə di resistere alla tentazione. Per ora.

Ricordati di iscriverti alla newsletter all'indirizzo **www.MelStorm.com**.

Note

CAPITOLO 2

1. Il *musher* è il conducente di una muta di cani da slitta.

CAPITOLO 24

1. Lo *s'mores* è un dolce anglosassone, costituito da cioccolato e marshmallow arrostiti, chiusi tra due cracker Graham, e viene tipicamente consumato durante i picnic o in campeggio.

www.ingramcontent.com/pod-product-compliance
Lightning Source LLC
La Vergne TN
LVHW101916220826
846093LV00009B/267